风起江南

陆春祥／主编

我是陈桂花

wo shi
chen gui hua

陈曼冬———

著

文汇出版社

图书在版编目(CIP)数据

我是陈桂花 / 陈曼冬著. —上海：文汇出版社，
2022.8

ISBN 978-7-5496-3861-1

Ⅰ.①我…　Ⅱ.①陈…　Ⅲ.①散文集–中国–当代
Ⅳ.①I267

中国版本图书馆 CIP 数据核字(2022)第 139305 号

我是陈桂花

著　　者／陈曼冬
责任编辑／熊　勇
装帧设计／书香力扬

出版发行／**文匯**出版社
　　　　　上海市威海路 755 号
　　　　　(邮政编码 200041)
经　　销／全国新华书店
排　　版／成都力扬文化传播有限公司
印刷装订／成都兴怡包装装潢有限公司
版　　次／2022 年 8 月第 1 版
印　　次／2022 年 8 月第 1 次印刷
开　　本／880×1230　1/32
字　　数／158 千
印　　张／8

ISBN 978-7-5496-3861-1
定　　价／58.00 元

风起江南散文系列第二季（总序）

尽力猛扑而朗朗仓仓

陆春祥

1

西湖孤山南麓，有三忠祠，奉祀袁昶、许景澄、徐用仪三人。袁昶（1846—1900）为桐庐人，我的老乡，他殿试二甲，官至三品，庚子事变，力谏朝廷不可纵容义和团滥杀洋人与外国开衅而遇害。袁昶诗文、书法、藏书、刊印、西学等，诸业皆有突出成就。

辛丑春节，我一直在读袁昶的日记。袁的日记，持续时间长，从同治丁卯六年（1867）三月开始写，从无中辍，一直到被害前。他的日记还不是一般的记事，侧重在求知问学、克己慎思上，目的就是迁善改过。

看一则"癸酉正月"：

癸酉元日帖子。元日书红云，癸为揆度，酉象闭门。士君子必有闭关千日，研几极深之思，而后有揆度庶务，洞若观火之量。**静存仁也，动察智也。**

这一年是同治十二年（1873），鸡年春节，袁昶27岁。一个甲子后的鸡年，我父亲出生。袁昶逝后，一个甲子零一年，我也出生了。这样看来，袁昶其实离我很近。不过，年轻人袁昶，思想已经成熟，他虽30岁中进士，却早已饱读诗书，有着自己独立的见识。

他解释"癸酉"，别有见地。

"癸为揆度"，就是估计现实情况。为什么他关注现实，从他的经历可以看出，他时刻将读书人的目的与责任和现实紧密相连，虽是保皇派，但在处理义和团滥杀洋人的事件上，眼光却远大，做事不能只顾情绪不计后果，虽被杀，不数日遂昭雪，谥"忠节"。"酉象闭门"，这是从字形上说酉字。闭门干什么？你若要有对事情洞若观火的眼光，则必须闭关千日，将冷板凳坐穿，如此才会形成自己别样的眼光，处理好各种政务。袁昶曾任江宁布政使、光禄寺卿、太常寺卿等，在各个岗位都有建树，芜湖还建有"袁太常祠"纪念他。

静存仁，动察智。胸中有仁义，决事才有智慧。这不是一个死守书斋不知变通的读书人，他将所学与现实、读书与修身、思考与反省紧密结合。

写完那则"癸酉正月"，已经过去整整一年。

又一个年三十夜，袁昶吃过年夜饭，往桐庐城里闲逛。桐君山上祈福的钟声不时撞耳，富春江两岸的爆竹尖叫着频频蹿向空中，街上行人已经开始聚集，小儿成群追着叫着倏忽跑过。袁昶抬头望星空，但见北斗星的斗柄已经指向东方，他内心里不断感叹，还有几个时辰，旧的一年转瞬即过，混混与世相处，隼起鹘落，如弹指一刹那，而自己却学业未精，德行也没有进步，真让人惶恐啊。

严格自律的袁昶，每日三省己身，袁昶日记中，他悟出的人生格言，多得让我双眼停不下来，仅以甲戌年（1874）摘要举例：

人惟无欲，始能刚耳，有欲恶能刚。耐坚苦者，始能进德耳，耽安佚者，则丧德矣。（甲戌正月）

不作无益之事，不道无益之言，不损无益之神，不发无益之虑。

心无二用，自今后作一事竟，再作一事，则心体不疲。（甲戌二月）

抄录七十二岁的黄元同《求是斋记》句：天假我一日，即读一日之书，以求其是；《畏轩记》句：读经而不治心，犹将百万之兵而自乱之。（甲戌六月）

抄录《孙思邈方书》句：口中言少，心中事少，腹中食少，自然睡少，依此四少，神仙诀了。（甲戌七月）

境遇耐得一天是一天，学问长得一天是一天，精神养得一天是一天，嗜欲淡得一天是一天。（甲戌九月）

尽力猛扑，将七阁、四库、三藏、九流、二氏，朗朗仓仓，

一齐装满布袋肚子内，此师南皮之法也。（同上）

不见己之善，惟见人之善。不见己之善，故所诣日进，惟见人之善，故无怨于世。（甲戌十二月）

特别喜欢"尽力猛扑"这一句，活画其读书信念与志气。

袁昶要扑向什么？四库、七阁，指清代收藏《四库全书》的七座藏书楼总称；九流，乃秦至汉初的九大学术流派；二氏，佛道两家。南皮，借代籍贯为南皮以张之洞为创始人的学派，该派以汉学、旧学为体，以西学、新学为用。袁昶的阅读，如牛饮，如鲸吸。如此写下阅读的贪念，他暗自笑起，耳边似乎突然响起《双射雁》中穆桂英的唱词："那绣绒宝刀仓仓朗朗朗朗仓仓放光明啊。"嗯，猛扑，唯有尽力猛扑，胸中才会有光明一片啊！

尽力猛扑而朗朗仓仓，越读越有趣，宛如袁昶就站在清丽丽的富春江边，沐着五月的微风，张开双臂，身子前倾，跟我摆那个猛扑的动作。

2

劲风又绿江南。

风起江南散文系列第二季即将面世。

通读书稿，满心欢喜，文丛的作家们也如袁昶先生一样"尽力猛扑"，他（她）们如饥似渴地扑向经典，努力汲取营养；他（她）们倾力扑向大地，扑向生长养育又骨肉相连的故土，尽情撷取自然的芬芳。他（她），身姿矫健，一路奔跑着穿过光阴，且行且歌。

陈曼冬的《我是陈桂花》，以笔名为书名，构思极其精巧而大显匠心。桂花既是芳香扑鼻的季节馈赠，也是一种温馨而甜蜜的隐喻，作者将细碎过往与缤纷现实灵敏打通，将自然抒写与独特体验无间结合，字里行间不时跃动着智慧、热情、温暖、善良、情趣。

陆建立的《在卫城》，以洪武二十年的卫城为观察中心，老街上的一屋一瓦，祠堂中的一碑一像，城墙上的一土一砖，河两岸的一草一木，古镇上的一人一事，作者都在尽力找寻，一座城的深度，不仅只是历史悠久的碑石与建筑，更是广阔而绵长的地理与文化。

吴燕萍的《一座山的秋色》，在山水间细细觅寻含情的草木，在古老的窄街上静观缓慢的流年，在清冽冽的江边相遇拂面的微风，在温暖的斜阳里感受人生的温馨，山的秋与水的春自然交融，人的心与字的魂贴切呈现，所有的所有，都汇成了疏淡的表达与浓郁的美好。

孟红娟的《家在富春江上》，以郁达夫的闲章作书名，诗意与文情并茂。富春江清丽的山水与两岸多彩的风物，富春江厚重而悠长的历史文脉，皆如烙铁般刻印在作者心上，细密而周到的叙述，阔大的富春山居场景灵动再现，这是陆游诗中的桐庐处处是新诗，这是叶浅予笔下的富春山居新画图。

沈伟富的《烟雨春江》，为我们刻画了心心念念的新安江烟雨图。这是一个赤子对故园的情感倾泻，山中落叶，平地羞花，从细微处欣赏一切。无论春夏秋冬，无论阴晴圆缺，新安江都是一幅看不厌的画卷，是一本一辈子都读不完的大书。朴素平实而饱含挚情的如数家珍，让人沉醉。

陈荣华的《爱亦有心》，游南游北，游东游西，作者以浓郁的兴趣、广阔的视野，尽情抒写眼中的大地风景与风物，并努力挖掘出另一层深刻的意义；勾沉往事，深情回忆，浸入骨髓的难忘经历，已经演绎成支撑自己工作与生活的精神支柱。我的卡丽娅妈妈。爱亦有心，有心就是爱。

羽人的《半墙明月》，用充满好奇的双眼，打探身边周围的一切，试着发现一粒粒尘土中光的质感，一株株芦苇在秋空扬起山茶花一样的洁白，叙述虽节制简约，却有一种横冲直撞的冲力。在庸常的万物中，用文字唤起人们对生活的挚爱，并找到能让自己生命为之沉静的安详。

柏兰的《山谷幽兰》，人生就是一场旅行，酸甜苦辣悲欢离合乃行旅途中扑面之风景，他乡风物，他乡人文，皆已经深植骨髓，他乡早已成故乡。今夜有雨敲窗，晨起院落梨花，将一地的心语写给自己，也等你踏香。乡愁与梦想与欢乐，茶与流年与岁月，一起慢煮。初阳升，幽兰盛，文字不老。

3

有人仔细统计了《诗经》中的草木虫鱼数量，计有：113 种草，75 种木，39 种鸟，67 种兽，29 种虫，20 种鱼。

我读过诸多关于《诗经》中草木虫鱼的书，不一一例举。一个简单事实是，这些鸟兽草木，只是赋比兴的喻体而已，我们的先人，想象力极其丰富，他们用这些喻体，隐晦曲折地表达自己丰沛的情感。

因此，对这样一部博大无比的百科全书，孔老师自然钟爱有加。

孔鲤从对面怯怯走过来，孔老师叫住了儿子：伯鱼呀，你仔细读过《周南》和《召南》没有？

孔鲤就怕老爸问，一脸茫然：爸爸，我没有读过呢？

孔老师感叹：唉！一个人如果不曾仔细读过《周南》与《召南》，就会像面朝墙壁站着的人一样啊！

面壁而立，不是面壁思过，而是说你什么也看不到，哪里都去不了。

《周南》、《召南》都居十五国风之首，内容侧重夫妇相处之道，教育人修身齐家。孔鲤一定听懂了，他已长大成人，老爸这是要他系统学习《诗》呢，否则，怎么能适应这个社会呢？

孔鲤在父亲的课堂上，已经多次听到老爸这样教育他的学生：《诗》三百，一言以蔽之，思无邪（《为政》第二）。这里的关键是"思无邪"，"思"为发语词，"无邪"，没有虚伪造作，都是真情流露。诗三百，用一句话简单概括，就是真情两字。文学作品最需直抒胸意，最怕无病呻吟。这也完全符合我们先人即兴的咏叹，面对残酷的生存现实，恶劣的自然条件，先人们劳力之余，依然手之舞之足之蹈之，自我找乐。

国风，大雅，小雅，周颂，鲁颂，商颂，三百一十一篇，皆为民众心底里喊出，在广漠大地上回响，宫商角徵羽，有时甚至响遏行云。

真诚希望我们的散文作家，对眼前的一切，猛扑吧，尽力猛扑！不虚假，不造作，用心用情善待所有，包括天地间的草木虫鱼鸟兽。朗朗仓仓，仓仓朗朗，听，美妙的旋律，从旷野上、烟波里、花朵中清晰传来。

壬寅桃月
富春庄

目　录

C O N T E N T S

第二卷　陈·桂花

桂花

我是陈桂花 *Wo Shi Chen Gui Hua*

枇杷膏

一

大多数的树，春天开花，夏天结果，比如桃树、梅树、梨树、杨梅、杏树……又或者春天开花秋天结果，比如柿子、橘子、香泡、栗子……但无论什么时候结果，到了冬天无一例外落叶、休眠。而枇杷，是秋天孕育，冬天开花，春天结果，夏天成熟。因此古人认为，枇杷在秋天、初冬时开花，春夏之际结果，可谓集四时之气，在水果中独树一帜。

《本草纲目》有记载："枇杷性味甘、酸、平、无毒，有止泻下气、利肺气、止吐逆、主上焦热、润五脏之功效。"

见到枇杷树是在去年夏天，跟着区作协去采风。也是枇杷的好时节，我一抬眼望见马路旁，这儿一棵，那儿一株，散落在农家小院中的枇杷树。"树繁碧玉叶，柯叠黄金丸。"枇杷果子便挂在枝头，衬着鲜绿的树叶，更显满树金光闪烁。

　　小区楼下有一家生鲜店，夫妻二人时常会从老家带点土货来卖。比如自己家做的清明果，或者刚刚上市的小樱桃。那日其实是奔着小樱桃去的，店主说小樱桃今天没有了，哎，这是塘栖枇杷，买点尝尝吧。遂买了几枚尝鲜。剥开，枇杷肉质细腻，洁白如玉，吃起来水水润润的，馥郁酸甜，带有初夏特有的鲜味。

　　今年据说是枇杷大年，余杭的朋友捎来两箱塘栖枇杷。塘栖是我国著名的四大枇杷产地，清光绪《塘栖志》记载："四五月时，金弹累累，各村皆是，筠筐千百，远贩苏沪，岭南荔枝无以过之。"看着满满两箱黄澄澄的果子，甜度高的水果在夏天稍不留神就腐烂了，灵机一动，不如做枇杷膏。

　　每年塘栖枇杷上市，对于杭州人来讲是一件蛮大的事情。如果没吃到，那么这个夏天的开场似乎就缺了点啥。而吃完了塘栖枇杷也是要骄傲一下的："枇杷总归还是塘栖的好吃。其他的枇杷吃起来淡牢牢，木呼呼的。"

　　做枇杷膏挑选个头圆润，基本上没有晒斑的枇杷。洗干净，剥皮、去核。新鲜的枇杷剥皮很容易，从枇杷柄这头开始，顺着纹理往下剥就可以。有些有晒斑的不太好剥，则可以拿一把勺子轻刮枇杷的表皮，刮几下就好剥多了。去核也不算太复杂。剥了皮的枇杷倒过来，用手指把蒂头一整个挖掉，挖得到位的话，还能听到"噗"的一声。然后用指甲破开枇杷肉，大拇指伸进去摸到枇杷核，顺势一转，枇杷核就被掏了出来。小时吃枇杷的时候总是被教育不要吃在衣服上，会"锈"掉，很难洗。剥枇杷也是如此，不一会儿，剥枇杷的手上就沾满了被氧化的枇杷汁儿，黑乎乎的一片。剥皮去核的枇杷在水里洗净，就可以做枇杷膏了。

旧式的做法比较复杂且有古义。把枇杷果肉切碎，放入大锅里熬，最好不要用铁锅而是搪瓷锅。熬出白沫后撇去白沫加冰糖继续熬，用锅铲不停地搅拌。由一锅慢慢熬成小半锅了，熬得跟枇杷糊似的了，用锅铲往下按不出汤汁时，就算成了。然后用纱布准备过滤。刚熬好的"糊"很烫，待凉透后倒入纱布中，挤压过滤。将过滤出来的枇杷汁倒入搪瓷锅继续熬，不停地搅拌，看汤汁慢慢变浓变稠。倒入密封罐中，晾凉，就算做好了。

现在家里的料理机功能强大，自然不需要那么复杂了。

剥皮去核的枇杷放在料理机里打碎，呈枇杷糊状。如果还是不够"糊"，可以用锅铲使劲按压直到"糊塌塌"为止。然后连同冰糖一起放入锅中小火慢熬，边熬边搅。

二

说起枇杷的名字，江南地区流传着两则趣事。明末有个"浮白斋主人"，编了一部笑话集叫《雅谑》，其中记载说，有个叫莫廷韩的人，去名士袁履善家拜访，正好碰上乡下人献来枇杷果，献单上却误把枇杷写成了乐器名"琵琶"，两人看了大笑。这时又有一位县令（据说是青浦令屠隆）来访，见两人满脸笑容，就问是怎么回事，袁履善便把刚才的事情讲了一遍。县令于是随口吟出两句打油诗："琵琶不是这枇杷，只为当年识字差。"莫廷韩马上接道："若使琵琶能结果，满城箫管尽开花。"县令对莫廷韩的急智再三欣赏称赞，由此便和他成了朋友。

清初文学家褚人获在《坚瓠首集》中也写道：有人送给明代画家沈周一盒礼物，盒子外面写着"琵琶"。沈周打开一看，却是枇杷，于是在答谢信中调侃道："承惠琵琶，开奁视之，听之无声，食之有味。乃知司马挥泪于江干，明妃写怨于塞上，皆为一啖之需耳。"翻译成现代文，就是："谢谢你送我'琵琶'，打开盒子一看，听上去没有声音，吃起来味道却不错。白居易当年贬为江州司马时曾为琵琶落泪，王昭君远嫁塞北后曾用琵琶抒发怨恨，原来都是因为想吃上一口啊。"

说起枇杷和琵琶，两个词完全同音，字形上也有相似之处，都用"比""巴"作声符，如果说只是谐音读音相似，并无同缘关系，总是觉得差点什么。据说本草学界的传统观点是：琵琶一名出现在先，枇杷一名出现在后，是因为叶子的形状像琵琶而得名。如果把今天的乐器琵琶和枇杷的叶子放在一起，确实有点儿像，似乎有理，又似乎有些许牵强。传世典籍中，"枇杷"要比"琵琶"更早出现。西汉辞赋家司马相如《上林赋》中有"枇杷橪柿"一句，是作为植物名称的枇杷的最早记载。《上林赋》据考证定稿于汉武帝元光元年（公元前134年），那时候张骞才刚刚开始通西域。直到东汉刘熙所著的《释名》，才出现了乐器琵琶的最早记载，然而这部著作用的并不是"琵琶"两字，却恰恰是木字旁的"枇杷"两字："枇杷，本出于胡中，马上所鼓也。推手前曰枇，引手却曰杷，像其鼓时，因以为名。"由此可见，植物名枇杷不是由乐器名琵琶而来，反而是乐器琵琶一开始借用了"枇杷"一名。

音乐史界对琵琶的历史已经做了非常详细的考证，发现"琵琶"实际上是中国古代竖式弹拨乐器的统称，可以分成秦琵琶、汉琵琶和曲项琵琶三大类。秦琵琶本来叫"弦鼗"，是后世三弦的前身。

汉琵琶的起源有两说，上文提到的东汉刘熙《释名》认为它是从"胡中"（西域）传入的乐器。刘熙还认为这种乐器之所以叫"枇杷"，是因为它的两种主要弹奏手法分别叫"枇"和"杷"。另一说则见于魏晋文学家傅玄的《琵琶赋·序》："汉遣乌孙公主嫁昆弥，念其行道思慕，使工人知音者裁琴、筝、筑、箜篌之属，为马上之乐。以方语目之，故云琵琶，取其易传乎外国也。"这是说，西汉元封六年（公元前105年），汉武帝把侄孙女刘细君封为公主，嫁给西域乌孙国国王，临行前请乐师参考琴、筝等四种乐器，为她专门制作了一种适合骑在马上时弹奏的新乐器，还用"方语"（西域语言）给这种新乐器起名为"琵琶"，因为这个名字能让乌孙国人感到亲切。

对于这两种说法孰是孰非，音乐史界一直争论不休。汉琵琶是后世乐器阮（阮咸）的前身，它的特点是圆盘直项。如果王昭君果真弹过琵琶的话，那么她弹的就是这种类似阮的汉琵琶。显然，这样的形状和枇杷叶一点都不像。受"琵琶"一名的影响，中国原产的本名"弦鼗"的乐器便也被称为"秦琵琶"。直到西晋以后，从西域又传来了巴尔巴特琴的另一个变种——曲项琵琶，其共鸣箱为梨形，柄部弯曲，这才是后世通称的"琵琶"。白居易被贬时所听的琵琶，便是这一种。

三

等锅中的汤汁变得黏稠，果肉也变成透明色，就可以关火，倒入玻璃瓶中晾凉密封，放冰箱。熬好的枇杷膏是琥珀般的颜色。大约是塘栖枇杷甜的缘故，我用了 700 克的枇杷加上 250 克的冰糖，熬出来的枇杷膏偏甜。想来涂面包或者泡水喝应该是不错的。

画家喜欢画枇杷，枝叶涛涛，硕果累累，虽然宜静宜动，却也还是适宜多些欢喜气息的，再配上山石蝶鸟，都能横生妙趣。乱蓬蓬的枝叶，昂扬纷飞，衬着热情洋溢的鹅黄，鲜衣怒马，无限风光。

文人爱写枇杷，最爱的一笔，出自归有光《项脊轩志》："庭有枇杷树，吾妻死之年所手植也，今已亭亭如盖矣。"

归有光是明朝时著名的文学家，天资聪明、才华过人，只是在科举这条路上磕磕绊绊，他八次落第、八次折磨，那一路的风风雨雨铺就了他大器晚成的人生之道。

"有虹起于庭，其光属天"，他降生的时候，祖母听见他的哭声就颤颤巍巍走过中庭，和叔伯们商量后给他取了个很有象征意味的名字：有光。

年轻的他住在一个百年老屋里，屋子破旧昏暗，长久看不到光线，每逢下雨必漏水，实在不是个学习的好地方。不过他擅长改造，他将房屋修葺了一番，在屋子周围种上下兰花、桂花、竹子一类高雅之物，然后继续沉浸在书海里。在这个叫做项脊轩的屋子里，他度过了一段又美好又悲伤的生活，在这里他感受到了母爱的伟大，也读懂了许多人生失意之事。为了纪念在项脊轩生活的那些年，他特地写了篇文章。他想永远记住少时发生的事，将来白发苍苍了还可以回忆，他可以从文章里知道过去发生的事情，看见从前的自己。

二十岁，归有光考中秀才，二十三岁娶妻，妻子是自己七岁时就约定婚约的表妹魏氏。

"余既为此志，后五年，吾妻来归。时至轩中，从余问古事，或凭几学书。吾妻归宁，述诸小妹语曰：'闻姊家有阁子，且何谓阁子也？'"

"其后六年，吾妻死，室坏不休，其后二年，余久卧病无聊，乃使人复葺南阁子，其制稍异于前，然自后余多在外，不常居。"

"庭有枇杷树，吾妻死之年所手植也，今已亭亭如盖矣。"

归有光的这句"枇杷"，读的时候一定要出声。因为那一声比一声低垂的降调里，爆破音和嗓子里轻微震颤的浊音短促交织，读出了一生年华耗尽的悲怆。

浸润了这些微妙的文人气息，枇杷在美味之外，总别有一种风情。那些情感仿佛也像庭中的那棵枇杷树，逆着时间，抽枝散叶。珍惜、守候，多年之后亭亭如盖的，不只是枇杷，是更恒久的深情。

青梅酒

四月的风吹拂，属于青梅的季节开始了。想起梅子二字，唇齿生津。

酿青梅酒不需要什么理由。青梅 2 斤、黄冰糖 2 斤、基酒、粗盐以及酿酒罐，剩下的交给时间。

时间是个魔术师，天热了，梅子长出了皱纹，酒也酿好了。

青梅季短，伸手留不住，酒却可以。

一

青梅是网上买的。比较出名的有普宁青梅、陆河青梅、洱源青梅、诏安红星青梅。其实第一次买的时候也不懂，哪个发货快就买哪个。第二年再买不同的另一款，感觉上普宁的酸度高一些，诏安和洱源的果香浓一些。

梅子买来先筛选一下。轻微的磕碰是难免的，不过问题不大，但烂疤如果已经深入果肉，这样的梅子泡酒时是绝对不能要的，会破坏味道。网上买的梅子由于路途的原因通常不是很熟，比较青。把青色梅子在通风处放置两天，待变熟变软变黄。但是要注意不要放久了变皱。熟一点的梅子会释放出果香，气味很好闻。这样的梅子入酒果香味会更浓一些。成熟状态的青梅，鹅黄色带着点点胭脂红，有种成熟水果的甜美气息。在日本，用完熟梅子酿制的梅酒也被认为是更加矜贵的标志。

用牙签细细挑去青梅的蒂，否则浸泡后会产生苦味。泡入水中，加上粗盐细细搓洗。水不宜多，粗盐可以稍多。这样做除了去除杂质，也会搓去部分苦涩感。洗干净的梅子捞出，先用厨房纸吸干表面的水，再一颗一颗细细擦干净，之后把所有梅子放置在通风处吹一会儿。把梅子处理得干净清透，就可以开始泡酒了。

虽然收到的梅子是青涩的，但是它们熟得很快，所以需要计算好青梅到达时间，在之前就把所有的酿酒材料买好。在收到青梅后就立即开始酿制。我第一次做青梅酒没算好时间，青梅到了，基酒还在路上。眼睁睁看着梅子一天天"人老珠黄"长出皱纹，最后只好熬了一锅梅子酱。等基酒到了只好又新买了一批梅子。话说梅子酱也真是好东西，梅子熬成酱，浓缩了梅子的风味，是想拼命留存住这个季节的证明。烧排骨，蒸鱼……太美味。就算是兑苏打水或者抹面包，也算不负春光。

干透的梅子铺一层在酿酒罐的底部，罐子挑选密封性好的，洗干净，干透。铺上一层梅子再铺上一层糖，简单地重复。试过白砂糖、冰糖，最好用黄冰糖，特别香。不建议用蜂蜜，因为会抢走梅子的风味。最后倒入酒，酒的量要没过梅子，梅子和冰糖各 2 斤的比例，大概倒入 1 升酒。有些做法会在青梅上扎些小洞。《海街日记》里就是这样的。这样做的好处就是可以加速酒和果子作用的时间，泡出来的果子不会皱但是果肉吃起来会比较绵软。梅子和冰糖铺八九分满即可，以预留空间给青梅渗出的汁液。

基酒我用的是日本产的 35 度烧酒。泡梅子的酒度数不宜太低，梅子会出水，稀释酒精，度数太低，果肉容易腐坏。因为梅子的香气很好闻，所以本身香气不太重的酒更适合。烧酒比清酒泡出来的酒果香更浓郁，果皮的风味更加充分融入。清酒泡出来的度数不高，口感柔软清甜，更像是果味饮料。

这样完成了。大概要泡上三个月至半年吧，第一年酿酒，总会忍不住天天去看酒瓶，就像热恋，一天不见，如隔三秋。隔着密封罐看着梅子一天天一点点变黄，变皱皮。

春天的梅子啊，夏天的酒。

二

据《三国志》记载：建安五年（196 年），刘备"学圃固于许田，以为韬晦之计"，曹操以青梅煮酒相邀刘备共论天下英雄，青梅酒及"青梅煮酒论英雄"的典故由此见于史书。

刘备开始是个编草鞋的，天下大乱的时候，他趁势起兵，可势力很小，于是他投奔曹操。曹操知道刘备很厉害，想试探他以后会不会是个与自己争天下的人物，就请刘备喝酒。两人用青色的梅子来下酒，曹操问刘备："你说现在天底下厉害的人物有哪几个？"刘备回答了几个当时势力都很强的人，可是曹操却指着刘备和自己说："现在天底下的英雄，只有你刘备和我啊。"刘备一听曹操识破了自己的雄心，一下不知道该怎么回答，正好天要下雨，打起了惊雷，刘备装着受到了惊吓的样子，把筷子掉到了地上。曹操笑了，说："你一个大丈夫还怕雷吗？"刘备借着这个机会将自己内心的不安给掩饰过去了。后来，刘备真的与曹操争天下，于是有了三国三分天下的局面。

而在唐诗宋词中，青梅酒总是带着诗情画意的，比如晏殊的《诉衷肠》："青梅煮酒斗时新，天气欲残春。东城南陌花下，逢著意中人。"又如苏东坡《赠岭上梅》："梅花开尽百花开，过尽行人君不来。不趁青梅尝煮酒，要看细雨熟黄梅。"抑或是陆游的《春晚杂兴》："青梅荐煮酒，绿树变鸣禽。处世已如客，伤春无复心。"

日本的影视剧里，青梅酒的影子随处可见。

《海街日记》里，食物成了整部电影中的重要载体，院子里的那棵青梅树，就是见证四季流转的沙漏。青梅泡在酒里，在时光的流转下有着别样的滋味。年复一年酿制青梅酒的传统被传承下来，成为这个家庭里独特的时间记忆。

　　这是一个关于成长、弥合与守护的故事。香田家院子里的青梅树，仿佛是四季流转的时间刻度，春天复苏的生命终于在初夏时结出果实，摘下青梅刻上字泡入酒中，等梅雨季过后，空气里荡漾起梅子酒的酸甜气息。种下青梅树的外婆常常不乏寓意地感慨，"要去虫还要消毒，活着的东西是很费工夫的"。可是每年对做梅酒的期待，让大姐仍愿意"费工夫"地照料老树。让同父异母的小妹丝丝去摘梅子，在某种意义上代表了三姐妹对她的接纳，而她也在做梅酒的过程中融为家庭的一分子。父母离异之后，母亲再嫁，离开姐妹搬到了不下梅雨的北海道。身为长女的幸撑起了整个家庭，外婆去世后，每年做梅酒的传统也由她传承下来。几年后与久违的母亲相见，幸的心结始终没有解开，直到告别之际，母亲提起梅酒，她蓦然间像找到亲情纽带。相思寄托在梅子里，浸泡在酒罐，沉淀出岁月的滋味。亲手酿制的梅子酒，意外地拉近了母女之间的尴尬距离。

　　电影里的母亲说："做完青梅酒后，才感觉夏天来了。"这种入夏的仪式感，居然这么美好。

三

　　几月过去，开坛。一杯青梅酒，真是夏日挚爱。梅酒一寸寸地矮下去，夜一寸寸地深起来。月亮光映在脸上，空气里都是梅子味。

瓶盖打开，梅香扑鼻来，青梅和冰糖发酵的地道梅酒，果汁里已然透出酒香，酒是轻灵莹亮的坚果色，略黏稠。赶紧用盛酒的勺舀上一杯，细细地品一口，口感酸甜，饱满柔和，唇齿留香，是清心和时光交织的馈赠。

我已经酿了两年青梅酒，身边酿酒的朋友也不少。去年的青梅酒开坛的时候，真是好喝，以至于在很长一段时间我像个酒鬼一样，想起来就去舀一勺喝。或者捞一颗青梅在嘴里嚼。泡酒前用牙签戳过洞的青梅是软烂的，舌头一吮，梅肉和核儿就分开了。没戳过的口感很脆，嚼起来有一股子爽朗劲儿。

后来觉得自己每天喝酒有点不像话，再加上看着坛子里的酒日渐稀少，莫名地就心疼起来，于是下决心省着点儿喝。这一省就省了好几个月。等到再想起来喝的时候，大约是泡的时间长了，酒味儿渐渐少去，甜味倒是增加了不少。酒本身也少了些许清冽，多了几分黏稠。忽然厌倦之心上来，弃酒。心里嘟囔着明年再来。所以这也许就是酿酒的好玩之处。用了同样的配方、原料和步骤，不同的人，不同的时间出来的酒，滋味就是千差万别。甚至是品酒的心情也天差地别。

今年酿酒的梅子已经下单，三天后发货。基酒和酒坛子已经备好，冰糖和粗盐也已经整装待发。

梅子酒还没开酿，想喝酒的心却已经苏醒了呀。

不趁青梅尝煮酒，要看细雨熟黄梅。

青　团

　　春日江南，一夜春雨，嫩草嫩芽拔节成长，刚好捣煮成汁或糊，与糯米同拌。事实上清明节前后，新鲜艾叶在江南的小菜场其实不难寻到。网上也有，十几块钱就能买到一斤。只是售卖时间很短，过了清明前后也就没有了。青团是绿色的，有人会建议用大麦若叶的粉来做。我以为这若叶粉做出来的只是颜色的相仿，却没有艾叶的气息，更不用说属于这个时节特有的意蕴和味道了。

　　袁牧《随园食单》中记载："捣青草为汁，和粉作团，色如碧玉。"

一

　　传统制作方法是用艾草，做出来的青团是深绿色。艾草可以散寒，春寒料峭的时候吃正合时宜。嫩艾洗净焯水去涩味，留下鲜草清香，再捣碎成草泥汁和进糯米粉，开始揉面就行了。

现在自不必那么复杂。新鲜艾草 100 克加入 300 克水，可以打出艾草汁儿。如果加上 2-3 克小苏打或者食用碱，可以保证蒸出来的青团碧绿不发黄。一次打出来大概 120 克。可以用同样分量的再操作一次，250 克左右的艾草汁儿备用。

找个干净的盆，倒入 300 克糯米粉，和上刚才打好的 250 克艾草汁儿，揉面。也可在和好的面团里加入 30-50 克猪油继续揉面，可以预防面团开裂。刚揉好的面团颜色偏青黄，特别像春天柳树刚抽出的芽的颜色。用保鲜膜仔仔细细地把它裹起来放在一边，就可以去准备馅料啦。

我爱吃甜的。而事实上咸口味的做起来更方便。

时令的春笋切成丝，加上雪菜炒一炒，晾凉，便是雪菜笋丝馅料。剩下的再加点肉片翻炒下，便是杭州著名的面条"片儿川"的浇头了。

也可以做咸蛋黄肉松馅儿。网上有现成的咸蛋黄卖，真空包装那种。买回来看上去像塑料乒乓球。口感不算太差，但终究会少了那么一点鲜美和灵魂。我喜欢用现剥出来的咸鸭蛋黄来做。

最好吃的当然是红豆沙馅儿。做法其实也是五花八门。无外乎煮熟，煮烂，打碎，加入猪油翻炒。做豆沙，就是要将煮透碾磨的红豆来回翻炒，直到细腻的沙感呼之欲出，期间画龙点睛般地加上一小块猪油或红糖，让甜味与香气丝丝入扣。

红豆馅的制作最重要的是要把红豆泡 6-8 小时。不能短于 6 小时，也不能超过 8 小时。时间短了煮不烂，时间长了红豆馅儿就成了红豆沙。

包青团是最喜欢的。手上沾一点面粉，将揉好的面团均匀地分成几等分，揉成小圆球。大小基本上比预想中的成品略小三分之一，因为蒸的时候会涨大。把小圆球在手心压扁，放上同样搓成圆形的豆沙馅，五指一抓，再搓圆，一个青团就做好了。加过艾草汁儿的面团，手感比一般用清水或者牛奶和的要粗粝，而正是这种毛毛躁躁的感觉充满了天然的感觉，在手心里很舒服，有点像小时候捏橡皮泥。面团上有粗细大小不一的绿色点点，大约是打碎艾叶的残留，星星点点。

裹好后便是蒸。铺上油纸，蒸 15 分钟左右。团子之间隔开一点，防止蒸后涨大互相粘连。讲究一点的蒸法，是在青团下铺上粽叶，一来防止粘锅，二来艾叶香粽叶香掺杂在一起，闭眼一嗅，仿佛望见江南春日的野蛮生长。

二

青团的来历说法纷纭。想必是因为青团属于民间食物，制作方法比较随意多变，而且各地、各时期的名称都不一样，什么"青艾饼""菁团""田艾乙""清明果""艾粿""青圆子""青青裹"等等，形状也是各异，有饼状的，有饺子状的。还有不加馅儿油炸的……真是让人眼花缭乱。常见的说法大致有三种。

一是传说春秋时期，晋文公重耳分封群臣，但是唯独没有封曾经为晋文公割股充饥的介子推。之后介子推便带着老母亲隐居在一个叫绵山的山上。晋文公觉得没有介子推总是不够圆满，为了逼介子推露面，于是下令将绵山焚烧。虽然晋文公本意并非杀介子推，但是却不想发生了意外，大火将介子推和他的母亲给烧死了。晋文公知道介子推死去的消息之后，十分愧疚，为了纪念这位忠臣，晋文公下令介子推死的这一天举国禁火，人们只好吃蒸好的米食。不过这是基于寒食节食俗的推测，并不够准确。

另一种说法，说的是唐朝诗人白居易路过一家青团小店，一时间诗兴大发，写下了"寒食青团店，春低杨柳枝"。其实不然，该诗原句为："寒食枣团店，春低杨柳枝。酒香留客在，莺语和人诗。"结果不小心被后人以讹传讹，误作为青团，流传至今日。不过虽然是谬误，却也可以算是青团之广受青睐的一个小小作证了。

第三种说法则来自太平天国时。传说有一年清明节，李秀成的部下陈太平被清军追捕，乔装打扮成耕夫想要逃回他们的大本营，却苦于没有干粮，怕饿死在路上。帮助他的农民是个很随性的人，他出门不小心摔了一跤，正巧摔在一丛艾草上，碰了一身绿，就干脆采了些路边的艾草回家洗净煮烂挤汁，揉进糯米粉内，做成一只只米团子。结果陈太平就靠着这冷食撑回了大本营。李秀成知道后，欢喜得不得了啊，一来是他觉得好吃，二来是他可能个人钟情于清新绿色，于是下了硬性规定，说太平军内部最好做到人手必会，青团也自此成了他们的"团食"，再后来，在草长莺飞之时，吃青团就成习俗了。

不过这些说法都不够确凿，明清时期倒是有古籍明确记录了"青团"。那时它已经成为江南地区特有的时令小食了。

蒋介石算是很爱吃青团的，每每回溪口老家（一般是清明和"避寿"两个时间回溪口）都要吃上几次。他的第一任妻子毛福梅很会做青团，清明的时候会让使女去野外采摘新鲜艾青制作团子，10月底蒋介石"避寿"的时候就用专门贮藏的艾青干做。而蒋介石会在清晨趁宋美龄尚未起床的时候去品尝毛氏亲手做的青团。

三

就算知道蒸青团的时候最好不要总掀开去看，却也按捺不住手痒。烧沸一锅水，铺上蒸笼纱布，没有粽叶便铺上油纸，大约蒸15分钟便可出锅。

刚蒸好的青团是碧绿透亮的，煞是好看。此时不可着急拿出锅。一是烫，二是软，三是粘。这时若是着急伸手抓青团吃，就有可能沾上一手绿绿的黏黏的糯米，而之前辛辛苦苦包好的形状也会被戳破或者按扁。蒸锅的盖子上通常是会有水汽残留的，此时就请将盖子打开，防止水汽滴到整好的青团上。此时当然也不宜将青团与油纸分开，而事实上，也无法分开，这糯米啊，粘着呢！

晾凉后的青团，看上去就不如刚出锅时的那般碧绿了，有些甚至隐隐发黑。皮也不如刚出锅时那样油光水滑，甚至留有些许的纹路。我是城里长大的，儿时的生活场景与成年后的并无二致，我一度认为自己是没有童年的。放凉后的青团，看着，竟让我想起了我的奶奶。奶奶也没有做过青团给我吃，但我从小是被奶奶的手牵着长大的。有着纹路，不那么绿的青团有一种久违的醇厚气息，朴素、温和得令人安心，就像一直牵着我的奶奶的手。

童年记忆里吃青团是与清明节分不开的。一家人带着青团去扫墓。那时候的山上映山红一簇簇开得耀眼。竹林里有人开始挖笋。孩子们攀折一大把映山红回来，一半放在先人的墓前，一半兴冲冲地拿回家，并无半点忌讳。映山红还能吃，据说唯独紫色的花不可吃，却也从未问过缘由。清明若是在古代，除了祭扫便是游玩——在童年何尝不是如此呢。头上戴着柳枝编就的花环，倾城出动。划舟，荡秋千，踏青，放纸鸢……尽享春光。暮色四合之时，凉意从四面八方包裹而来，便和衣归家。那时大人们总说，糯米的东西，不可多吃，会积食。

咬一口青团，是春天的味道。绿绿的松软的皮儿，不甜不腻，带有清淡却悠长的青草香气，有一点儿黏，却不粘牙齿，再加上清甜的豆沙，入口即溶，简直让人停不了口。

据说一年当中第一次吃青团叫做"尝春"。多美好。

松　茸

宋朝时候，松茸就已经得名，松茸生于松林下，菌体如鹿茸，故名松茸。

《舌尖上的中国》是这样形容松茸的美味的——

"松茸是野生菌中的贵族，在大城市的餐厅里，一份炭烤松茸的价格能达到 1600 元。松茸的香味浓烈袭人，它稍经炙烤就会被热力逼出一种矿物质的馣香。远离自然的人由此将之视若珍宝。"

每年七八月间是吃松茸的好时节。这时候朋友圈里总会蹦出来一些购买松茸的渠道，因为不便宜，所以总想找个最可信的，性价比最好的。记得去年是和菜头的公号在卖松茸，买过一些，切片用黄油煎来吃，挺不错的。今年在朋友圈里兜兜转转看到如今身居昆明的"宋有财"同志发了一条："台风过境，雨过天晴，航班恢复通行。松茸今天开始正常发货。"馋虫瞬间被激活，口水已经在唇齿间汹涌蔓延。话说这位"宋有财"是谁呢？各位如果记得几年前有一篇关于杭州东站路标诡异的爆款文的话，那么他就是那位作者。作为专注日常迷路四十余载的资深路盲，遇到此文如同知己相逢，不仅抱着不撒手，还靦着脸加了人家作者微信。犹记得那篇爆款文的结尾一句："迷路就迷路好了，这都是命。"真是深得我心。于是莫名就觉得他是可以信任的，他推荐的松茸肯定也美味。

于是微信里戳他，问松茸怎么买啊。他发来详细的报价，从5-7cm、7-9cm、9-12cm，到 12cm 以上。因为不懂，所以很暴发户气质地问他，12cm 以上是最好的吗？没承想人家很实在问我是送人还是自己吃。他说除非刺身，否则自己吃不需要那么大，7-9cm 就可以啦。而事实证明，7-9cm 也真是够大了，哈哈哈。8月 5 日晚上 11 点半下单，8 月 7 日上午 9 点半就收到了。7 日是周五，收货之后放进冰箱冷藏，想着周末的松茸饕餮，真是走在路上都会笑出声来。

此处敲敲黑板，松茸空运过来通常是冰鲜的，所以要算好收货时间，否则那么热的天气在快递柜里闷上一天，真是想想都肉疼。

一

松茸风味，是山风水土影响的综合结果。事实上品质好不好最关键的不是大小，而是产地（海拔、土壤、共生植物等影响口味）。

松茸与云南松共生，对生长环境要求极其严苛，经 5~6 年孕育才破土而出，在出土前必须得到充足的雨水，出生后必须立即得到充足的光照。另外温度、雨水、虫伤、人为暴力采集，都会对松茸的生长产生影响。而捡松茸也全凭运气，就算是天天走山路经验丰富的老乡，也不一定就能确保每天都有好收成。所以可以说每一支松茸的诞生都是大自然最珍贵的馈赠。

8 月 7 日是星期五，晚上在运河的一艘船上参加诗歌节，到家大概 9 点半。活动前潦草地吃了一碗泡面，此时略饿。正犹豫吃点啥还是饥肠辘辘地挺过周末夜晚的时候，忽然想起有早上收到的新鲜松茸，当即决定黄油焗松茸。

随手挑了 5 只松茸。洗松茸事实上也是学问，比较简单而营养损失少的方法是用刀刮去底部的泥，然后在流动的水下面快速地冲洗，手势尽量轻，基本上整个松茸摸起来没有粗粝感，没有泥沙感就差不多了。总觉得多洗一分，就多浪费了一点营养一样。然后用厨房纸吸去松茸身上多余的水分，切片备用。

松茸对藏民来说，是家中的主要收入，主要拿去交易，平时很少吃。只有在招待远道而来的客人时，才会把松茸当成一种食材。最原汁原味的方式，是用酥油香煎。看松茸在锅里滋滋作响，烤去多余水分，直至边缘微微上翘，鲜味和香气都愈发浓郁美满。

到了内地在没有酥油的条件下可以用黄油，也非常简单。锅里放上 2-3 块小黄油，20-30 克左右，待融化，将切好片的松茸依次放入，煎到两面都色泽金黄，就可以关火，装盘了。一般来说空口吃就可以，体会下《舌尖上的中国》里所谓的"被热力逼出的矿物质的酽香"。

曾经读过一篇日本女作家写的文章，写的是她童年时代吃松茸的经历。她说那是日本"泡沫经济"的时代，虽然家里不算有钱，可就是有各种好东西寄来，有一次竟寄了丹波的国（日本）产松茸。她写道，松茸的气味在室内蔓延，像把森林带到了家里。入口鲜嫩脆甜，松木香气明显。

当然也可以略微撒一点带海盐的胡椒，略微的咸味逼出隐藏在松茸深处的鲜甜，混杂着黄油的香，清新而浓郁，仿佛有一种林中雨后泥土与草木混合的特殊香味。菌肉脆嫩肥厚又不失柔韧，质地细密入口软润绵密，特有的香甜味道慢慢萦绕唇舌，浓郁得舌头都要化掉。

我拍了视频发给有财兄，他嘿嘿一笑说，可以炖鸡汤，更鲜美。

二

第二天清早起来购得 500 克土鸡，洗净，去浮沫儿。800-1000 克水，2-3 片姜，几粒花椒。开炖。先炖 2 个小时，然后加入洗好切片的松茸再炖半小时。关火，加入一小撮盐。热气腾腾、鲜美无比的松茸鸡汤就做好了。

鸡汤色泽金黄清亮，甚至有点儿包浆的丝滑感。鸡肉软烂脱骨，可以不吃肉只喝汤，也可以自制一碗简单的调料蘸着鸡肉吃。这一碗松茸炖鸡汤啊，喝下去当真是唇齿留香，眉毛都要鲜掉。

喝完松茸鸡汤，出发去参加一年一度的春风悦读盛典。由于疫情的缘故，这阵春风到了秋天才飘起来。

那天下午，我坐在之江饭店会议中心三楼的会场，听敬泽书记宣布年度大奖是阿来老师和他的《云中记》。然后我看到阿来老师缓缓地上台，身着白色短袖衬衣，他站定在一个立式话筒前，双手放在身前，缓缓地开口——

"12 年了。"

阿来的开场白，是这个数字。2008 年 5 月的那一天、那一刻，他正在书房写一部长篇小说，突然天摇地震，这就是汶川地震。第二天，他就到了灾区，与全国各地的作家捐赠了一百多万，建起了学校。8 个月以后，他回到了成都。

"我从来没想到要写小说，当巨大的灾难发生后，你到底是普通的人，是志愿者，还是搜集材料来感受来观察的？过了 10 年——不是 10 年写了这本书，而是两年前，又是那天，那刻，我在写另一本书，至今没有完成，突然，成都全城警笛大作，汽车鸣号。那一刻，我从来没想过要写的书，突然出现了。我开始流泪。半个小时后，我开始写这本书，我逐渐知道了，我想要写死亡，写苦难，我觉得一定要去写那些逝去的生命，要尊重他们的话，就要写出生命的坚韧、崇高、庄重，不然，我们写了一地的绝望，我们反而写了另一个极端——遍地英雄主义，这不是面对真正灾难的态度。

地震发生的瞬间，天翻地覆，万物摧残，山河破碎，不光是人，整个自然界和地质构造也受到了巨大的创伤。我要写出这些情节，我们应该看到大自然的自我构造中伟大的意志和力量，以及 10 年大自然强大的修复力，也体现出生命的坚韧和顽强。我抓住了这些东西，就不光是写苦难了，也写出了并不空洞的希望和亮光。"

我在台下静静地听着，想到了阿来老师的另一本书《蘑菇圈》，鲁迅文学奖的获奖作品。

藏族少女斯炯从年轻时开始，就发现了一个不为人知的蘑菇圈。只有斯炯自己知道，神秘的蘑菇圈是她谋生的摇钱树。小说中有好些关于野蘑菇的迷人味道的描写：

"晚上，斯炯把一朵朵蘑菇切成片，用酥油一片片煎了。香气四溢的时候，她想，这么好闻的味道，全村人一定都闻到了。"

"一朵一朵的蘑菇上沾着新鲜的泥土、苔藓和栎树残缺的枯叶，正好在新劈开的木柴堆上——晾开，它们散发出的香气和栎木香混在一起，满溢在整个院子。"

斯炯的蘑菇圈里最珍贵的就是松茸。小说里写道："去年，阿妈斯炯在离村子六公里的汽车站上还只是卖五毛钱一斤。这一年，一公斤松茸的价格一下子涨到了三四十块。"

想起了《舌尖上的中国》里关于松茸的那一集，里面说以前藏族人都不爱吃松茸，嫌它的味儿怪，那时松茸也就几毛钱一斤。可是这几年，松茸身价飞涨。一个夏天上万元的收入，使牧民在雨季里变得异常辛苦。松茸收购恪守严格的等级制度，48 个不同的级别，从第一手的产地就要严格区分。一级菌，个大，品质好，收购价格最高。此外，松茸价格还会随着产量多少发生变化，产量少，则价格高。松茸保鲜的期限是 3 天。商人们以最快的速度，对松茸进行精致的加工，价格也随之飞升。例如一只松茸在产地的收购价 80 元，6 个小时之后，它就会以 700 元的价格出现在东京的超级市场中。

三

一公斤松茸，第一天黄油焗，第二天鸡汤炖，第三天收官之作那就做一锅松茸饭吧。味道天然鲜美的松茸事实上怎么做都好吃。

照例是洗净，切片。那些切得卖相最好的松茸片留着备用。其他的都切成松茸丁。再配上一个胡萝卜，洗净去皮，切丁。锅烧热，放 20-30 克黄油，融化后将松茸丁和胡萝卜丁倒入锅中翻炒，炒熟，胡萝卜丁炒软即可出锅。

正常做饭的程序。米淘干净，放入电饭锅加适量水。将炒好的松茸胡萝卜丁倒入电饭锅，加两勺生抽，开启正常的煮饭程序。饭熟前五分钟，将黄油煎好的那些卖相好的松茸片平铺在饭上。五分钟后，电饭锅欢叫，松茸饭出锅。

煮饭的水要比平常略少，因为有炒松茸胡萝卜丁的油以及后面两勺生抽。而松茸饭也必须粒粒分明，包裹着一层薄薄的油，吃一口，唇齿留香，夹杂着绵软而富有弹性的松茸丁，吃饭瞬间变成了一件颇有韵味的事情。

乌米饭

第一次吃到念念不忘的乌米饭居然是在 40 岁。那年陪一位著名作家在杭州实地采访。立夏这天正好到了龙井村。觅得一处茶楼，聊闲天，才知是朋友老家同一个村的远房姐姐。姐姐说，我们这里平常中饭不对外。你们今天既然来了，就在我们这里吃吧。

那顿中饭真好吃啊，土鸡汤、新鲜蔬菜。样式不多，却鲜美可口。酒足饭饱正摸着圆鼓鼓的肚皮咂摸嘴儿回味呢，姐姐端上来一碟乌米饭，上面洒满了白糖："快吃吧。今天立夏，你们来巧了，刚烧的乌米饭。"话音未落，一旁的姐夫指了指身后的山，"这叶子啊，我昨天新鲜从山上采来的！"

用勺子将白糖和乌米饭拌匀送入口中……

哇哦，我将整个初夏含在了嘴里。

一

初夏是做乌米饭的时节，一碗黑中泛青的米饭顶着一勺白砂糖，是特有的美食印记。

烧乌米饭用的叶子叫南烛叶。南烛叶又叫乌饭树，古称染菽，杜鹃花科植物。《本草纲目》记载，乌米饭"久服能轻身明目，黑发驻颜，益气力而延年不衰"。南烛叶中有丰富的色素成分，在物理条件发生变化之后，色素会强力附着在食材上，发生褐变，所以也是天然着色剂。乌饭树名也由此而得。

我自然不会像姐夫一样进山采叶子。事实上立夏前后菜场里偶尔是可以见到南烛叶的，叶子圆，边缘有毛刺，咬一口酸酸的。可惜逛菜场的次数越来越少，还好有万能的互联网。十几块钱就能买一斤叶子，隔天就收到了。一个大纸箱，卖家很贴心地放了裹着塑料袋的冰袋在里面。运输和天气的原因，收到的南烛叶有小剂量的损坏，不过不打紧。原本自己家煮乌米饭，也用不了那么多的叶子。

新鲜的南烛是连着茎的，仔细摘下叶子。最好是嫩绿的，完整的，嫩叶汁煮出来的饭更香。摘了大约 30 克叶子，用水洗净。便可以制作乌饭汁儿了。

古老的做法是用手反复地在水里搓南烛叶，或者乌饭树叶洗净后用石臼捣烂，将捣烂的叶子放入清水浸泡纱布包裹，反复挤压，滤出缥青色的汁水。如果家里有料理机的话就比较简单了，清洗干净后就放进机器里搅榨出汁。实在没机器，用手捏也可以。要是觉得麻烦，也可以去买专门处理好的南烛叶汁。

30 克南烛叶大概配 60 克水，打出汁，再过滤一下就可以用了。刚打出的南烛叶汁颜色看上去和"乌"并没有太大的关系，接近灰绿色。把汁水直接倒入糯米中，搅拌均匀，糯米不需要清洗，因为这样才能让米更多地吸收乌米汁，使乌米饭更香、上色效果更好。最好用筷子搅拌均匀，或者戴上手套用手搅拌，不然手会变黑。

我将糯米泡了整整一夜啊。颜色吃得牢牢的，据说如果不泡够一晚上，到时候烧出来的乌米饭就不够黑。

二

在杭州，吃过一碗乌米饭就意味着进入了夏天。

乌米饭历史悠久，出现于唐代，那时叫"青精饭"，是道家求长生不死的养生食物，为道家斋日的饵食。杜甫《赠李白》诗曰："岂无青精饭，使我颜色好。苦乏大药资，山林迹如扫。"晚唐名诗人陆龟蒙诗云："乌饭新炊茭榠香，道有斋日以为常。"

乌米饭的来历也颇多，流传最广的与孙膑有关。相传战国时期，兵圣孙武的后代孙膑曾和庞涓一起向鬼谷子学习兵法，庞涓先下山到魏国为将。后来孙膑出山后到魏国打算投靠庞涓，谁知庞涓嫉妒他的才能，施计割去孙膑的膝盖骨，并将他关在马厩里，让其活活挨饿。幸好有一个狱卒同情孙膑，用当地的乌饭树叶捣烂浸汁拌上糯米，煮熟后捏成团，偷偷给孙膑食用。乌米饭团形状和颜色都和马粪差不多，因而一直没被发现其中的秘密。所幸孙膑后来得以逃离魏国，并最终打败了庞涓。据传，孙膑第一次吃乌米饭是在立夏节气。这个节气，在南方人看来，是"迎夏之首，末春之垂"。

还有一种说法是有个人叫目连，其母被打入了十八层地狱。地狱里饿鬼无处不在，白花花的米饭送进去，母亲连看都看不到。目连为此忧心忡忡。想办法用南烛叶捣汁染米，煮成乌饭送去，饿鬼们不敢吃那乌饭。母亲才终于得以饱腹，老百姓年年吃乌饭，纪念目连这位孝子。从此乌米饭被作为孝心见证流传了下来。

同杭州最为接近的一个说法则是与吴越王钱镠有着不解渊源。我是从一位熟知杭州城东民俗的沈老师处听来的。

相传自南宋建都临安之后，赵家皇帝偏安一隅，杭州城内是一派歌舞升平的气象，安乐享受之风盛极一时，据传当时仅过一个立夏节，杭州人就要吃十二种时令食品，而且还把这十二种食品专门编了一首食俗歌谣："夏饼江鱼乌饭糕，酸梅蚕豆与樱桃，腊肉烧鹅盐鸭蛋，海蛳苋菜酒酿糟。"五代时期，钱镠创建吴越国并定都杭州，此时正是钱大王江山初定之时，需要有一个安定的局面，所以他十分重视军事防卫，将城东北的皋亭山一线视作廓北屏障、战略要地，亲自布置了一支军队在皋亭山筑城立寨、扎营驻守，以保障杭城的安全，从此这里就成了军事要地。按照军队的规矩：军队一旦驻守下来，就必须每天出操、训练、习武，还要派人巡逻、放哨；谁知这批士兵初来皋亭山就感觉水土不服，又适逢夏天，难免有发烧、中暑的疾病出现，这样一来，既影响了士气，又难于训练，领兵将官只得将实情向上禀报。吴越王钱镠知道后，猛然想起当年自己带兵行军打仗时曾让士兵采摘过一种"乌饭树叶"，用它的汁水煮饭，吃了之后能防止生病，而且效果很好。于是立即命令将官回营之后如法炮制，让士兵服用。此时已是春尽夏来时节，皋亭山上草木葱茏，乌饭树叶采之不尽，众军士按照将官教的办法，把采来的乌饭树叶捣碎后榨出紫黑色的汁水，然后倒进大铁锅中煮饭。这饭看上去黑乎乎的，可吃到嘴里却香糯可口、润滑清香，士兵们吃得有滋有味，一时间胃口大增。原来这乌饭树叶中含有一种叫"单宁"的物质，在铁锅中烧煮后能产生铁盐反应，不仅颜色加深成了乌黑色，更主要的是能起到预防病毒，增强抵抗力的作用，从而使士兵免生疮疥、防止痒夏、少生疾病。吴越王的办法在皋亭山上同样管用，于是他就下令让所有守寨军士都烧乌米饭吃。而守山士兵吃了一段时间的乌米饭之后，果然收到了意想不到的效果，生病的人一下子减少了许多，就连以前经常要生疮的也不再生了，因此这乌米饭深受士兵们的欢迎，他们不但在军营里烧，还在外出巡逻、放哨时带上铁锅和粮米，在野外叠石为灶、支锅烧饭。消息传开，皋亭山周围百姓纷纷效仿，每到立夏前后，学着军队的样子，上山采集乌饭树叶，带回家中取汁，用汁水浸糯米烧饭。此风一起，村村相传，于是就逐渐形成了立夏烧乌米饭的习俗。

而最朴素也最为现实的说法是，立夏这天吃了乌糯米饭，可以一个夏天不被蚊子咬。其他人如何我不知道，我自己亲测无效。但是哪怕没有"不被蚊子咬"这项功能，这乌糯米饭也还是非吃不可的。

三

浸满乌饭树汁液精华的糯米到底是蒸还是煮呢？

问了好多人，查了好多方子，众说不一。索性两种都试试。

经过一晚上乌饭树汁液的浸泡，雪白的糯米已经呈现出乌灰色。蒸笼架起来，铺上蒸笼专用的纱布，将泡好的糯米沥干水分均匀铺洒。大约蒸 15 分钟。打开蒸盖的一瞬间真是美好啊。冉冉的蒸汽升腾着，蒸好的乌米饭颜色青黑，每一粒都散发着晶莹剔透的光泽。乌米米粒紧缩，乌黑亮泽，碧如坚珠，南烛叶特有的具有诱人的清香与蒸笼的竹香交织在一起，何止是迷人。

将蒸好的乌米饭盛在小碗里，压实。迅速反扣在平盘中。撒上绵白糖，拌匀。香甜可口。有韧性，很 Q 弹。米粒与唇齿彼此较劲，韧而软。

忽想起《射雕英雄传》里，洪七公对吃狗肉颇有心得，他说

"一黑二黄三花四白",意思是黑狗的肉最好吃,白狗的肉最逊。吃狗肉当然是不对的,狗是人类的好朋友。老叫花吃狗肉,是金庸为了描述叫花子和狗相爱相杀的喜剧效果。但"一黑二黄三花四白"却不是金庸原创,事实上,这种说法一直流传于中国农村,虽然没有任何化学和生物学化验结果显示毛色不同对于肉质有何影响,但黑狗味道优于其他颜色的狗,是很多中国农民的共识。在很多吃货的眼里,似乎黑色的食物总是比较金贵,比较好吃的品种:比如黑米和泡过南烛叶的乌米饭、黑猪肉、乌骨鸡……还有黑木耳、黑松子、黑枸杞、黑葡萄,都有远超它们同类的食用价值。难道黑色食物真的更好吃么?

还有一种做法是用电饭锅。同样将泡好的糯米沥干均匀平铺在锅底。放特别少量的水,我放的就是泡糯米的南烛叶汁。放一点点即可,大概是与糯米齐平。因为糯米经过整整一夜的浸泡已经吸饱了水分。而乌米饭口感则是有嚼劲有韧劲为宜,过于软烂反而影响口感。与普通煮饭的步骤并无二致。大约 20 分钟后,电饭锅版的乌米饭就烧好了。打开电饭锅盖子盛饭,似乎是司空见惯的行为,没有什么惊喜。盛出的乌米饭,撒上白糖,送进嘴里嚼一嚼……唔,电饭锅烧出来的,更软些,嚼劲和韧劲不够,却胜在湿润绵长,含在嘴里,居然想到了"温柔乡"。

咸鸭蛋

一

朋友是诸暨人。传说西施浣纱的时候，旁边总是有一群鸭子围着她嬉戏。有一天他说家里那片海阔洋洋的水塘里养出来的鸭子生了好些大鸭蛋，说我给你拿点来呀。我一点儿没客气就说好啊！

事实上那时候我对鸭蛋没有更多的认识，认为它与鸡蛋的区别，就在于一个是鸡生的，一个是鸭生的。第二天我就像煮鸡蛋一样给自己煮了一个鸭蛋。可是咬了一口却怎么也吃不下了。腥，非常腥！鸭蛋黄很大，但是很腻。这下终于知道为什么只听说过吃咸鸭蛋而很少听说吃煮鸭蛋了。看着一大箱子的鸭蛋，我作出了一个伟大的决定——

腌制咸鸭蛋。

在网上看了好几天腌制办法，终于决定放弃用盐水泡的方式。我直觉越是简单的方式成功率越低。其实我选择的方式也并不复杂。需要 55 度以上的高度白酒以及精盐。超市里能够买到的最高度数的白酒就是红星二锅头，因为不确定要用多少，就买了最大的家庭装，用塑料桶装的那种。

　　将鸭蛋洗干净。从海阔洋洋水塘里来的鸭蛋是我见过的最脏的，上面甚至还沾着鸭屎。但我坚信这是最好吃的。用小刷子一个个刷干净，这样就是把鸭蛋的"毛孔"打开，鸭蛋逐渐露出它们本来的面貌，看上去还是很清秀的。鸭蛋有青壳和白壳之分，据说青壳的鸭蛋基本上年轻鸭子生的，因为鸭子年轻体壮呀，产蛋有力，钙的成分多一点，外壳也厚一点，比较结实难以碰坏；白壳的鸭蛋则是老鸭子生的，鸭老体衰，下蛋无力，所以外壳也薄，容易撞坏……哦，原来鸭肉是老鸭的好吃，鸭蛋还是要挑年轻鸭子生的。我一般是洗一个鸭蛋就用毛巾擦一个，这样鸭蛋表面的水分蒸发得快。

　　制作之前要判断所有的鸭蛋里没有一个是"坏蛋"。这点很重要。只要有一个"坏蛋"混迹其中，那么这一批的咸鸭蛋都会臭掉。常见的判断方法有手摇法，用拇指、食指和中指捏住鸭蛋摇晃，没有声音的是鲜蛋，手摇时发出晃当声音的是坏蛋。声音越大，坏得越厉害；或者是照射法，轻轻握住鸭蛋，对光观察，好鸭蛋蛋白清晰，呈半透明状态，一头有小空室。坏蛋呈灰暗色，空室较大。有的鸭蛋有污斑，这是陈旧或变质的表现；还有漂浮法，500 克清水里，加入 500 克食盐，搅拌溶化后，把鸭蛋放入水中，横沉在水底的是新鲜鸭蛋，大头在上、小头在下稍漂的，是鸭蛋放的时间过长，完全漂在水上的，是坏蛋！

确认没有"坏蛋"混迹其中后，拿到太阳下晾干，保证无水分残留，就可以着手制作啦。

在大碗里倒大半碗红星二锅头，再准备一只大碗装上大半碗精盐。取晾干表皮没有水分的鸭蛋一枚，在白酒里泡上半分钟左右再滚上精盐。再用保鲜膜裹上，注意一定要浸泡均匀，鸭蛋周身都浸泡上，然后再用保鲜膜裹上。

步骤不难，但是相对繁琐。尤其是制作了几个之后，装满精盐的碗里就有了白酒的残留，这时候就需要再换一碗盐。所以备料的时候要足一点。

裹上保鲜膜的鸭蛋需要摆放整齐，排排坐，在阳光下洗一天的日光浴，沐浴一天的阳光。这个步骤不能省略哦，为的是更好地出油。如果没有阳光怎么办？那就求求老天爷啦。

最后把晒过日光浴的鸭蛋们装在密封的罐子或者盒子里。一定要轻轻放，尤其是老鸭子生的白壳蛋。如果放的时候稍有破碎或者磕坏，那么这个鸭蛋也就不能要了。否则也会毁了一整罐的。

二

钱钟书先生写过一篇名为《游历者的眼睛》的书评，说"中

国的咸鸭蛋首见于陶宗仪《辍耕录》"。钱先生指的便是元末《南村辍耕录》卷七中的"咸子",陶宗仪说:"今人以米汤和入盐草灰以团鸭卵,谓曰咸子。"这就是咸鸭蛋,而且制法和中原农村类似,但说它"首见"于此,似乎不太对。因为其实南北朝时期的贾思勰的《齐民要术》就提到过,而且陶宗仪接下来也征引了贾思勰的说法。

《齐民要术》的说法见于卷六,称"作子法":

取杬木皮,净洗细茎,锉,煮取汁。率二斗,及热下盐一升和之。汁极冷,内瓮中,浸鸭子,一月任食。煮而食之,酒食俱用。咸彻则卵浮。

贾思勰是北魏时人,祖籍山东,曾在河北高阳为官。陶宗仪是浙江人,比贾思勰晚八百多年。只是贾思勰的做法和陶宗仪不同。

"十三经"之一的《尔雅》,有"杬"字。《尔雅注疏》卷九引郭璞注:"'杬',大木,子似栗,生南方,皮厚,汁赤,中藏卵、果。"郭璞是晋代山西人,永嘉之乱时南渡。他在这里说杬汁适合保藏蛋、果。但似乎没有讲到腌制咸鸭蛋。

和郭璞同时的刘逵为左思《吴都赋》作注:"'杬',大树也,其皮厚,味近苦涩,剥十之,正赤,煎讫以藏众果,使不烂败,以增其味,豫章有之。"刘逵生平不详,但由他和郭璞的注,我们大致知道,杬是南方的植物。南方人,主要是江西人,发现杬汁浸涂果品、蛋类,可使之保鲜,后来发现可以用来腌蛋。此一发现，传到北方，被贾思勰定格在《齐民要术》里。

直到南宋，制咸鸭蛋还要用汁。洪迈《容斋续笔》卷十六，称咸鸭蛋是"盐鸭子"。制法是"用木皮汁和盐渍之"。又说："今吾乡处处有此（柷）；小人争斗者，取其叶擦皮肤，辄作赤肿，如被伤，以诬赖其敌。至藏鸭卵，则又以染其外，使若赭色云。"洪迈是江西人，他的老乡杨万里在《野店》里说："深红子轻红，难得江西乡味来。"这种汁腌成红色的鸭蛋，在诗人眼里简直成了江西土特产。到这时候腌鸭蛋仍用汁，与贾思勰时并无不同。一直到了元末才用草木灰、盐、米汤混合物来腌制蛋，手法与原先的汁腌法大有区别。只是因袭旧说，仍称咸鸭蛋为柷子，实际上与柷子已无干系。

到了明清，咸鸭蛋制法，主要是沿袭《南村辍耕录》的做法。李时珍在《本草纲目》卷四十七中说："今人盐藏鸭子，其法多端。俗传小儿泻痢，炙咸卵食之，亦间有愈者。"就是说，咸鸭蛋有多种制法，咸鸭蛋烧吃，可以止痢疾。《随园食单补证》中，袁枚说："腌蛋以高邮为佳，颜色红而油多。"清代翟灏《风俗编》卷二十七，把咸鸭蛋称为"咸圆子"，表明它是因蛋的形状而得名，和早期因腌制手法而名"柷子"全不相干！

用草木灰或胶泥、盐、水和成的稀泥来腌鸭，据说现在还在用，但我却没有见过。记忆里似乎只有皮蛋是要泥巴腌制的。

三

　　用盐水泡的做法我没有试过，身边朋友用此法腌制的，不是失败，就是腌出来的除了味咸，并无鲜味。

　　用二锅头浸，细盐滚，太阳晒，然后封坛，静待一月的做法，我已经做了多年。做出来的咸鸭蛋咸味适中，空口吃也没什么大问题。关于流油这件事情，有人说是需要在白酒浸后裹上盐在太阳下曝晒才容易出油。我却觉得咸鸭蛋有没有油基本靠随缘。或许与鸭蛋本身的先天有关，又或者只是缘分。

　　汪曾祺在《端午的鸭蛋》里写道：

　　"袁枚的《随园食单·小菜单》有'腌蛋'一条。袁子才这个人我不喜欢，他的《食单》好些菜的做法是听来的，他自己并不会做菜。但是《腌蛋》这一条我看后却觉得很亲切，而且'与有荣焉'。文不长，录如下：

　　腌蛋以高邮为佳，颜色细而油多，高文端公最喜食之。席间，先夹取以敬客，放盘中。总宜切开带壳，黄白兼用；不可存黄去白，使味不全，油亦走散。"

　　看完掩嘴笑。汪曾祺先生嫌弃袁枚不下厨，道听途说写菜单。袁枚是祖籍慈溪的杭州人，汪曾祺江苏高邮人，地域相近，饮食上确实有许多相似处。袁枚记录这些食谱的出发点或有不同，保存下了十八世纪江南地区许多饮食文化材料，功不可泯。

汪曾祺的不喜，有部分大约是出自作家的文化观与生活态度相异罢。不过在"咸鸭蛋"的问题上倒是达成共识，可喜可贺。

正如袁枚先生所写，小时候家里来客人，咸鸭蛋多带壳切开，蛋黄的油流到蛋白上，便伸舌头舔掉蛋白上的油，依旧一门心思地挖蛋黄吃。不过切咸鸭蛋，有时候像"赌石"，因为蛋黄往往不会凝固在整颗鸭蛋的正中，对半切开，难免蛋黄有大有小，若恰好是小那半，真是太委屈了，搞不好一整顿饭都是噘着嘴吃下的。所以我最喜爱的吃法，正是汪曾祺先生写的那样——

"平常食用，一般都是敲破'空头'用筷子挖着吃。筷子头一扎下去，吱——红油就冒出来了。"

那一年从北京举家回杭，自驾开到江苏境内就开始各种迷路。表面上是因为修路，真实的原因大概是近乡情怯。兜兜转转终于到了高邮休息站，正好是 5 月，空气里有晚饭花的香气，于是就想起了汪曾祺先生和他笔下的咸鸭蛋，于是买了一盒。至于味道如何其实早就回想不起来了，唯一能够记得的，这咸鸭蛋是与回到家乡后的第一顿饭一起吃的。

所以也许吃的是乡情，冥冥中便与汪曾祺先生的文字有了些许共鸣。

杨　梅

每次看到杨梅，便想起小学课本里《我爱故乡的杨梅》里那段："我小时候，有一次吃杨梅，吃得太多，发觉牙齿又酸又软，连豆腐也咬不动了。我才知道杨梅虽然熟透了，酸味还是有的，因为它太甜，吃起来就不觉得酸了。吃饱了杨梅再吃别的东西，才感觉到牙齿被它酸倒了。"莫名的就不太敢吃。

一

大概 10 年前，有一段去浙江台州挂职的经历。整整一年，现在回想起来，真是理想的生活。挂职单位的条件很好，正值夏季，赶上台州的夏令时工作制，中午 11 点半下班，下午 3 点上班，掰掰手指头中午大概有 4 个小时午休。那时候年轻，睡眠质量好，挨着枕头就能睡，就这样昏睡了一阵子后意识到不能这样虚度光阴了，就开始缠着当地的同事带我出去玩。一日有同事问，下午跟着我们去仙居采杨梅好不好？

当然好！

说走就走。台州仙居的东魁杨梅是出了名的好，是中国最为著名的杨梅之一。六月的台州，杨梅是最炙手可热的明星。驱车前往仙居的路上，就已经按捺不住兴奋。事实上我没有见过哪怕一株杨梅树，之前吃到的杨梅都是一小篮一小篮包装好的，上面假模假式盖几片杨梅叶子。一路颠簸，终于到了山脚下，正是杨梅成熟的时节，远望去是漫山遍野的红。走近了看着树上那一颗颗熟透的杨梅，再回想起杨梅那又酸又甜的滋味，满口生津，恨不得立即蹦到树上大口大口地吃。当地的朋友说，向阳的杨梅要成熟一点，个头更大也更甜。初见杨梅树的我便也不管什么向阳背阴的，拎个篮子就往杨梅树跟前冲。看着梅农轻车熟路地爬上树梢去采摘那些被阳光抚摸过的杨梅，胆小如我只得咽咽口水，就近踮起脚摘一颗吃。可是到底是新鲜的杨梅啊！果肉与唇舌亲密接触的瞬间，鲜美、清甜。果实与植物之间未断的魂儿在舌尖打转，太美好了！

"南方果珍，首及杨梅。"由于杨梅历史悠久，品优质佳，曾被列入贡品，供帝王享用。杨梅看似如一颗乒乓球，实际上是由数万根像针一样的尖刺组成，等到成熟，针也渐渐失去了原来的锋芒，变得柔和，轻轻地咬开一个，那酸酸甜甜来自自然的味道便在唇齿之间游荡，撬开你的胃，让你欲罢不能。宋代诗人平可正亦有诗曰："五月杨梅已满林，初疑一颗值千金。味胜河溯葡萄重，色比泸南荔枝深。"

结在树头那硕硕的杨梅，惹人喜爱。夏日的炎热在此刻早已忘怀，也忘了将采摘来的杨梅丢进小篮，只顾得吃，吃，吃。杨梅汁水饱满，稍不留神就沾染到了衣服上。红红的一片甚是扎眼。正懊恼着心爱的衣裳被弄脏，只听得梅农笑嘻嘻地说，姑娘啊，衣裳脏了别懊恼，回去也不用洗。等到杨梅下市的时候，这块杨梅渍，自然就不见了。

除了杨梅渍怎么洗之外，另一个关于杨梅的问题是，究竟吃之前要不要洗。当地梅农说不用洗的。小时候母亲总会说，这杨梅啊，虫子爬过的，蛇舔过的……现在想来大约是怕我贪食才这样讲。

二

单位同事小何在微信里拍我，我这里有杨梅，你拿去做酒，是儿子奶奶家自己种的，头一天刚摘的。好啊！新鲜的食材我最喜欢了。小何一边吃着杨梅一边指了指边上的筐，你自己拿啊。拈起一颗扔到嘴里，软滑之外每一根刺平滑地在舌尖上触了过去，细腻柔软而且亲切，好比最甜蜜的吻，使人迷醉。颜色更可爱呢，黑红黑红的，然而并不是黑，也不是红。大约是太红了，所以像是黑。轻轻地咬开，便看到了新鲜的红嫩，这时已经来不及啦，已经染上了一嘴的红水——生动的，像映着朝霞的露水。

　　《嘉泰会稽志》写到杨梅"以雀眼竹笆盛贮为遗，道路相望不绝"，民国胡丛卿也写"遥送杨梅坎水隈，果中含意可能猜"。可见杨梅时节送杨梅，一直是越地传统。

　　郁达夫先生在上世纪三十年代写过一篇叫做《杨梅烧酒》的短篇小说，讲述自己在杭州湖滨的一个四五流小酒肆里和旧友喝杨梅烧酒的故事，两人喝了三杯便醉了。确实的，因为杨梅产地的缘故，杨梅烧酒在江浙一带是十分盛行的，且久已有之。据说即便在上世纪六七十年代，很多地方穷得不得了，却也偶然可以在一些村间小店里找到卖杨梅烧酒的，有的还用雪花膏瓶子装着，卖几分钱一瓶。从我记事开始就有印象，家里一直有一个大的玻璃瓶装的是父亲的杨梅烧酒。晚餐时分，父亲从瓶子里舀出杨梅烧酒，喝上一小盅仿佛去除了一天的疲惫。更小一点的时候，奶奶会从她的酒碗里用毛竹筷子沾一点点杨梅烧酒塞到我嘴里让我"尝尝"。这大约是我对于吃酒最早的记忆了。

　　浸杨梅烧酒要保证杨梅的干燥，假如不是特别有洁癖，做杨梅烧酒所用的杨梅是可以不洗的。我觉得尽量不要洗，一洗，接着在烧酒里一泡，杨梅就"烂"了。当然这个烂其实也不是真正意义上的烂，而是说杨梅软得没有了筋骨，变了形。

　　杨梅的挑选也有讲究。个大个小倒不重要，生熟程度却是有要求的。泡杨梅烧酒所用的杨梅一定是生一些的比较好，如果用太熟的杨梅，浸泡的时间一久，那杨梅就又"烂"了。且杨梅的色泽度越黑红越好，颜色显浅的杨梅是不适合泡烧酒的。将杨梅和冰糖层层交叠放入瓶中，填满高度白酒，加盖密封，一定要确保把每一颗杨梅都浸泡在酒中。大概两三个月之后就可以喝了。泡的时间越久，杨梅里的味道就越淡，相反，酒里的味道就越浓。

据常常饮酒的"老炮儿"们说，泡杨梅烧酒应该用临安一种叫荞麦烧的酒，这才是真正老底子泡杨梅烧酒所用的。而我用酒相对比较随意，用过清酒、烧酒和鸡尾酒。特别推荐的是一款洋酒，Beefeater 英国必富达粉红金酒。这款酒大约 37 度，用它泡出的杨梅酒粉红透亮，如果嫌酒太"凶"，兑点苏打水也是极好的。

三

杨梅古称"机子""朱梅""树梅"，又名"白蒂梅""子红""君子果""朱红"。民间则直呼为"龙睛""金丹""仙人果"。据李时珍《本草纲目》载，"其形如水杨，而味似梅"，故称杨梅。《农政全书》则称为"圣僧梅"。据对世界稻作农业起源地之一的浦江上山文化遗址科学考证，早在一万多年前，上山人已开始食用野生杨梅。西汉司马相如所著《上林赋》中有"柚枣杨梅"的诗句，大约是最早见于文字的记载。而据陆贾《南越纪行》载，"罗浮山顶有湖，杨梅、山桃绕其际"，可知在距今 2200 多年前的汉代即已有人工栽培的杨梅。我国的杨梅盛产于浙江、江苏、安徽、江西、福建、湖南、广东、广西、云南、贵州、四川、台湾等省，其中尤以江浙两省产的品质最佳。

文学家们自然不会放过这枚可爱的小果子。宋代文学家苏东坡曾评曰："闽广荔枝，西凉葡萄，未若吴越杨梅。"明代王象晋《群芳谱》载："杨梅，会稽产者为天下冠。"南宋著名诗人陆游也有诗云："绿荫翳翳连山市，丹实累累照路隅。未爱满盘堆火齐，先惊探颔得骊珠。斜插宝髻看游舫，细织筠笼入上都。醉里自矜豪气在，欲乘风露摘千珠。"

小的时候如果中暑或者拉肚子，家里老人就会说，吃颗烧酒杨梅就好啦！这可是有依据的。《本草纲目》中说，"杨梅涤肠胃，烧灰服，断下痢，勘验"，李时珍把杨梅烧酒也变成了一味药。杨梅有生津止渴、健脾开胃之功效，多食不仅无伤脾胃，且有解毒祛寒之功效。《本草纲目》记载："杨梅可止渴、和五脏、能涤肠胃、除烦愦恶气。"杨梅果实、核、根、皮均可入药，性平、无毒。果核可治脚气，根可止血理气；树皮泡酒可治跌打损伤、红肿疼痛等。

明代王阳明最爱杨梅酒，止不住地对人说，你们尽可去写诗，我独喝杨梅酒，且不管你们的热闹。无论是在战胜归营之际，或酣畅讲学之后，还是月下听风之时，王阳明都会高擎一杯杨梅酒，箸举笃蛳螺，随之再吟上一句"老夫今夜狂歌发，化作钧天满太清"。

杨梅放不长久，所以除了泡酒我也琢磨出了做杨梅汁。做法也很简单，杨梅洗净，如果有料理机，加冰糖和适量纯净水，打碎杨梅即可。喜欢带果粒的，就直接喝。如果喜欢口感清爽的，就用滤网过滤一下。我一般会过滤两次，口感清冽顺滑，非常好喝。如果没有料理机那就放锅里加冰糖慢火熬，一边熬一边搅拌，这种做法冰糖就要放多些，否则会很酸。

最近又琢磨出一种杨梅冰饮的做法，很容易。

将做好的杨梅汁倒入冰格冻成冰块。透明杯子里扔进去几块，放入薄荷叶和柠檬片，用气泡水冲——听着气泡滋啦滋啦响，看着红宝石般的杨梅冰一点点化开，水胭脂一般漾出醉人娇羞的红，喝一口酸酸甜甜，人间美味。

折耳根

一

网上订的折耳根到了，四川发货。听说现在正是折耳根蓬勃生长的季节，它那独特的气味，辛辣而芳香，是野菜界的魔鬼。据说西南的最好。

半大不小的纸盒子，打开，一堆草，舒展，蓬松，兼狂野，折耳根连同它特殊的味道便一起蹿了出来。卖家说是现摘现卖的。倒在水槽里，根上沾满了土，像泥腿子。打开水龙头先泡上十几分钟，然后一枝一枝地慢慢清理。

在杭州超市的生鲜柜台偶尔也会遇到。超市里的折耳根一般被包装得极好，去掉叶片、洗掉污泥、称好斤两标上价格放在保鲜袋里，只露出一点点乳白色的根节。

折耳根洗起来不复杂就是有些繁琐。先要洗去附着在上面的浮土，一斤多的折耳根，一遍浮土洗下来，水就如同泥浆一般了。再漂洗几下，这才露出白嫩嫩的根来。根上长满了根须，细细小小的，看着却很有筋骨的样子，仿佛还带着西南大地土里的魂。于是再用手逆时针方向将根须撸下来，用水冲洗放到一边。撸掉了根须的折耳根的根像极了夏天脱了毛的大白腿，瞬间变得水灵起来，当然也诱人了许多。

　　洗干净后，便开始摘。之前吃到的更多的是根。而在重庆、成都，折耳根的叶子也是吃的。春天里，可以品尝到到芽、苗、叶三个部位，而且味道也是大不相同。折耳根的叶子很好看，有点像心形。嫩叶两面都是绿色，一面略深一面略浅。稍老一点的叶子一面深绿一面暗红，煞是美貌。苗事实上就是我们经常吃到的部位，长大后就变成了根。也有两个颜色，靠近叶芽的部分泛红，略粗；越往下越细，越白，较红色部分嫩一些。而芽是最让人欣喜的，是嫩嫩的那种黄绿色，略透明，水灵灵的。摘如此新鲜的折耳根还是第一次，拿在手里，甚至都不晓得哪一段是最嫩的。索性也不管了，摘到哪里算哪里吧，如此新鲜，怎么着都会好吃的吧。

　　先摘叶子，最简单。然后是芽。正在犯愁不知道该摘多长的芽呢，只听得手上"啪"的一声脆响，嫩芽脆生生活脱脱地就蹦到了我的手心里。哦，原来手指的触感是最好最天然的呢，只需轻轻一碰，嫩芽便自动跳脱出来，真是欣喜。根也是一样，最脆最嫩的部分，是不用手指使劲儿的，顺势轻轻一掰，便是最鲜嫩的部分。想起了几天前去龙井山上采茶。当地的茶农也是这样讲，好的茶叶啊，不用使劲的，指腹轻轻掐一下，茶叶便摘下来了。

就这样，先摘叶子，再是芽，最后是根，时间一分一秒地过去，盘子里不一会儿就满眼绿色，奇特的香味也溢满了整个房间。

二

折耳根又叫鱼腥草，三白草科植物，学名叫蕺菜。李时珍的《本草纲目》中称其为鱼腥草，而《名医别录》中称其为折耳根，在很长一段时间里，鱼腥草只是作为一种药材而存在。

这是一年四季都可以见到的植物，多生长在潮湿的洼地上。秋冬春三季吃根，夏天吃叶。唐代人苏颂说："生湿地，山谷阴处亦能蔓生，叶如荞麦而肥，茎紫赤色，江左人好生食，关中谓之菹菜，叶有腥气，故俗称：鱼腥草。"

之前在饭店里吃过的。头一回吃就觉得好吃，一下子干掉一盘。同吃饭的朋友目瞪口呆看着我说，你真行，吃这个都吃得惯。于是才知道原来这玩意儿不是人人都喜欢。爱的人爱它特殊的味道，讨厌的人也因为它特殊的味道而讨厌。折耳根通常是凉拌的，微微的腥气正如雨后泥土的清香，有一种面朝田园万亩青碧的感觉。

折耳根在魏晋时期开始入药，它滋味里独有微微的苦是最能败火气的，用它来熬汤又能解毒。相传，当年华佗到处行医采药，被蛇咬伤的时候，就用鱼腥草来解毒。

而将鱼腥草作为食物大概是源于春秋末年的勾践，《吴越春秋》记载："越王从尝粪恶之后，遂病口臭，范蠡乃令左右皆食岑草，以乱其气。"这里的"岑草"就是指鱼腥草。勾践为吴王夫差尝粪诊病之后，嘴里一直有异味，也就是口臭。为了不让大王尴尬，范蠡便命令左右侍者大臣，都去采鱼腥草吃，这大概就是要臭大家一起臭，入鲍鱼之肆久而不闻其臭的最好体现吧。那时候，鱼腥草有个非常古典的名字，叫"蕺菜"，而采集的山头便因此得名"蕺山"，位于如今的浙江绍兴。细看"蕺"这个字，倒是很有意思。草字头，身下却藏着"刀戈"，给人一种时刻准备东山再起的感觉。所以，也许在一定程度上，鱼腥草也算果腹勾践，吃出一番事业来了。

三

凉拌是最好吃的。之前订购了同鱼腥草一个产地的油泼辣子，大约是物流的关系，还在路上。好在细心的折耳根卖家在箱子里塞了一包干辣椒面，那就自制油泼辣子吧。做油泼辣子的方子网上很多，随便一搜即可。烧上热油，洒在白芝麻和干辣椒面上，滋啦一声热腾腾香喷喷的油泼辣子就熬好了。

二两嫩芽，一两叶子，再加点儿嫩苗，切小段。藤椒油、蚝油、生抽、醋、油泼辣子各 8 克，白糖 3 克。一股脑儿倒进去，筷子一顿猛拌，复杂的气味渗透彼此，谁都当不了主角儿，谁也都是主角儿，不出几分钟，一份透着清香的凉拌折耳根便新鲜出炉。尝一口，叶子是清香的，微微带一点苦味；嫩苗事实上是我们经常吃到的部位，再长大一点就变成了根，脆脆的，味道最为浓烈。老一点的，嚼起来有点儿像小型甘蔗，有点甜；最欣喜的，是到嫩芽，水水的、嫩嫩的、脆脆的、甜甜的，香味适中。

尝一大口，先是甜辣味，微酸，带着油泼辣子的香。紧接着是折耳根那种独特的香气冲上来，甚至有姜的辛辣。最后是藤椒油带来的淡淡回味。一点点酸，一点点辣，一点点麻。混杂着浓烈的植物气息，一股酸爽的幸福感直冲脑门。

粽　子

　　小时候端午节风俗挺多。大人们去中药房买雄黄粉，用水溶化后在我眉心画个"王"字，然后我就高高兴兴把自己想象成一头老虎去学校上学了；教劳技课的女老师会用碎布缝个小香袋给我挂在脖子上；爸爸去菜场买菜，带回一把剑似的菖蒲加艾草，佩挂在大门外，据说也是辟邪的。小时候，看着大人这样隆重地准备，觉得真是惊心动魄。

一

　　小时候总爱问端午节的来历。大人们通常讲屈原，讲他投水的那条汨罗江，讲人们包了粽了投到水里是为了喂鱼，鱼吃了粽子，就不会吃屈原了。我那时一根筋，心想你们凭什么认为鱼吃了粽子后就不会去吃人肉？我们一顿不是至少也得吃两道菜吗！我那时对屈原的诗一无所知，但我想他一定是个了不起的诗人，因为世上的诗人很多，只有他才会给我们带来节日。

奶奶是在我十岁那年去世的。那以后似乎就没有吃过亲人亲手包的粽子了。少时的我，目光还没有桌子高，但是我可以望见桌上堆着的那些物件，奶奶会包粽子，我围在旁边看，像是一种仪式。那些横陈在上面的米粒，也因此生动起来。它们是一种奇怪的组合，构成了我少年的一部分。在那些冗长的时光里，煤饼炉举着看不见的火焰，蒸啊什么的。然后我抽抽鼻子，闻到了粽叶的气息，它们几乎挤满了整个屋子，然后在院子里蔓延着。有稍许的时光，我会觉得大概人生或者生活的气息，就是粽叶的气息。于是我想，因为有粽子，所以端午用来吃的吧。

在尝试动手做了很多食物并取得阶段性成功之后，我蠢蠢欲动打算包粽子。可是总觉得应该挺难的，迟迟不敢下决心。甚至问过很多好朋友，你说我要不要学着包粽子啊。得到的回答通常是算了吧，那个太复杂了。几番问下来自己也打了退堂鼓，想想算了。但是心里的小魔鬼总是按捺不住的。在网上看了很多包粽子的视频，觉得好像，似乎，也许，可能……也没有那么难……吧？心一横，大不了就包坏了呗。掏出手机上网下单粽叶。

网上卖粽叶的还不少，也不贵。100 片叶子不到 20 块钱，还送棕绳。送过来是真空包装的，绿油油的，齐齐整整。包粽子之前粽叶需要先浸泡大约一天。碧绿的粽叶被浸泡在水里的时候，清香从天而降，窜入鼻孔，沁人心脾。

大多数情况下，在包粽子的时候，一般都会提前将糯米放水里面泡发，这样糯米就会变得有黏性，煮出来的粽子吃起来香甜软糯，口感超级棒。一般来讲，糯米如果放冷水里面浸泡，只需要浸泡三四个小时就可以了，如果想要更软糯一点，也可以浸泡更久一点，主要看个人的口味喜好。如果包的是红豆馅儿的话，红豆也需要提前泡好。一般来说，糯米泡两个小时就差不多了，红豆浸泡的时间略长，大约需要一晚上。值得注意的是通常端午时节恰逢江南地区的梅雨季，空气潮湿并且气温高，浸泡的时间久了，就会容易滋生细菌和微生物，就会容易变质坏掉。建议将泡好的糯米沥干水分放入冰箱，这样保存的时间就会久一些。

我爱吃肉粽。买回来的五花肉切成小块，一定要肥瘦相间才好。然后用生抽、老抽、蚝油、白糖、白胡椒粉、料酒以及葱姜蒜腌制一晚上。肉粽的糯米也需要腌，用料和腌肉的差不多，时间半个小时就够啦。

所有的原料准备好，开包啦！

二

粽子，又叫"角黍""筒粽"。其由来已久，花样繁多。

历史上关于粽子的记载，最早见于汉代许慎的《说文解字》。"粽"字本作"糭"，《说文新附·米部》谓"糭，芦叶裹米也。

从米，夌声。"《说文·夂部》："夌，敛足也。"意为鸟飞时收敛腿爪。《集韵·送韵》："糉，角黍也。或作粽。"

粽子又名"角黍"，西晋周处的《风土记》记载："仲夏端五，方伯协极。享用角黍，龟鳞顺德。注云：端，始也，谓五月初五也。四仲为方伯。俗重五月五日，与夏至同。春孚雏，到夏至月，皆任啖也。先此二节一日，又以菰叶裹黏米，杂以粟，以淳浓灰汁煮之令熟，二节日所尚啖也。……裹黏米一名'糉'，一名'角黍'，盖取阴阳尚相苞裹未分散之象也。"明代李时珍《本草纲目》中，清楚说明用菰叶裹黍米，煮成尖角或棕榈叶形状食物，所以称"角黍"或"粽"。明清以后，粽子多用糯米制作，这时就不叫角黍，而称粽子了。

端午节祭祖，其实是后人赋予的内容。古人对端午，其实有种种说法。最响亮者，当然是屈原。纪念屈原说，始见于梁吴均《续齐谐记》："屈原五月五投汨罗水，楚人哀之。至此日，以竹筒子贮米投水以祭之。汉建武中，长沙区回，忽见一士人，自云三闾大夫。谓回曰：'闻君当见祭，甚善。常年祭物为蛟龙所窃，今若有惠，当以楝叶塞其上，以彩丝缠之。此二物蛟龙所惮。'回依其言。今五月五作粽并带楝叶、五花丝，皆汨罗之遗风也。"另两种说法，一说是祭介子推；邯郸淳《曹娥碑》，说是祭伍子胥；《会稽典录》记，则为纪念曹娥。

在晋代，粽子被正式定为端午节食品。这时，包粽子的原料除糯米外，还添加中药益智仁，煮熟的粽子称"益智粽"。米中掺杂禽兽肉、板栗、红枣、赤豆等，品种增多。粽子还用作交往的礼品。到了唐代，粽子的用米，已"白莹如玉"，其形状出现锥形、菱形。日本文献中就记载有"大唐粽子"。宋朝时，已有"蜜饯粽"，即果品入粽。诗人苏东坡有"时于粽里见杨梅"的诗句。这时还出现用粽子堆成楼台亭阁、木车牛马作的广告，说明宋代吃粽子已很时尚。

事实上，粽子其实还有锥形，有秤锤形，也有枕头形的。包裹材料，有用菱叶的、粽叶的，也有用芦叶、竹叶的，其馅儿，甜者如赤豆小枣、豆沙枣泥、桃仁芝麻松子；咸者如火腿鲜肉、鲜肉蛋黄，以至于干贝虾仁，现在赶时髦居然有了小龙虾。段成式《酉阳杂俎》里说："庾家粽子，白莹如玉。"今天庾家粽，已不可考。《西湖老人繁胜录》："角黍，天下唯有是都城将粽凑成楼阁、亭子、车儿诸般巧样。"古人包粽子，甜者，还加入少许薄荷末，还有用艾叶浸米的，叫做艾香粽子。顾仲《养小录》记，粽子蒸熟后，可以剥出油煎，称油煎者为"仙人之食"。高濂在《遵生八笺》中则告诫：凡煮粽子，一定要用稻柴灰淋汁煮，也有用些许石灰煮者，为的是保持粽叶的青而香也。

小时候在煮粽子时，还要放上鸡蛋和鸭蛋，这样煮熟的蛋就有清香。老底子住的是老墙门，左邻右舍的人你帮我、我帮你，挨家挨户帮着包粽子，馋得小孩们是直流口水。无论哪家的粽子煮好了，都会把头一"挈"送给邻里尝个鲜。

三

杭州人把粽叶叫"箬壳"，从浸泡的水中捞出"箬壳"，用剪刀平行地修剪掉那根部。包一只粽子，粽叶大的一片就可以，小的两片拼起来一折。如果要包更大的粽子，粽叶不够长，中途可以插进去些小叶子接续。包粽子的绳子用老底子叫的鞋底线，不滑手抽得紧最好用。这些我小时候看过依稀记得。

包粽子的教学视频里的高手将两片粽叶叠好折成漏斗形状，在其中央舀一勺糯米，堆成一坑状，夹几块腌过的猪肉置于米坑中，再舀一勺糯米覆之。将粽叶盖过米馅，依序折叠成或五角或三角状，用麻藤绑紧，即成粽子。整个过程灵巧快捷，浑然天成，让人赞服。可是自己包就完全不是那么一回事啦！笨拙地将两片粽叶叠起，却怎么也折不成漏斗状，舀上浸泡好的糯米时，腌米的汤汁就偷跑出来蜿蜒曲折地从掌心流淌到胳膊肘然后滴到地板上。家里的猫咪嗅到肉汤味于是过来舔，这边厢托举着没包好的粽子，那边厢还得赶猫，一时间混乱不堪。好不容易包好一个，用棉线将粽子五花大绑，生怕扎得不严实米从粽叶中漏出来。

粽子要慢慢煮才能煮出它真正的味道，大火先煮，然后小火焖上。粽子的独特香味随着锅里冒出的热气，在空气中飘荡，粽叶香米香赤豆香肉香……

　　从小到大，我都最爱吃粽子最长的那个尖儿。先是央求大人帮忙解开裹粽子的绳子，再层层剥去粽叶，一个白白胖胖的大粽子就立刻出现在了眼前。小心翼翼地放进碗里，用筷子夹一个尖儿，在盛有白糖的陶瓷碗里滚一圈，再放进嘴里，哇，简直甜到心坎里去了。而每每此时，母亲就嗔怪地叫我"尖子生"。如今与母亲阴阳两隔，端午时分剥开粽子，却依旧习惯性地先咬那个粽子的尖头，咬下的瞬间，母亲的面庞便浮现在眼前了，仿佛听到她说，你这个尖子生。

桂　花

"不是人间种，移从月中来。广寒香一点，吹得满山开。"

在杭州这座城市，桂花开了这件事情是可以上新闻的"大事"。大约是桂花开了才代表秋天真的来了吧。仲秋时节，桂花悄然开放，这座城里就像浸泡在蜜罐子里一样，到处都是沁人心脾的花香。

一

桂花不以艳丽的色彩取胜，更不以婀娜的身姿迷人。那么精小，那么极致，星星似的点缀于绿叶之间，显得那么自然，安排得那么恰当，简直就是上帝的艺术品。只要路过有桂花树的地方，远远就能闻到一股浓郁的桂花香味。一般说来桂花分为四种：金桂、银桂、丹桂和四季桂。金桂的花是柠檬黄淡至金黄色的，花色偏黄，香味浓郁；银桂花色偏白色或者淡黄色，花后不结实；丹桂的颜色最深，花色较深，有橙黄、橙红至朱红色，气味却是最淡的；至于四季桂，顾名思义，四季开花，香味倒是不及金桂、银桂以及丹桂这般浓郁。

桂花树上茂盛的，桂花却是小小的。路过桂花树下只闻阵阵花香，但见片片绿叶，却不见花开何处。于是不由得靠近细看，一丛丛小巧玲珑花簇如少女低眉浅笑，相互呢喃。

桂花虽香，可花期却不长；想要留住这股香气，传统的办法是将其酿成糖桂花。

小区里就有许多的桂花树，高的部分够不着，便采一些近处的桂花。事实上也不用采摘，盛开的桂花多不结实，轻轻一抖枝干，桂花便扑扑簌簌地往下掉。遇有微风吹过，便落在发辫上、脖颈窝里，抹也抹不掉，捋也捋不尽，那股微醺微甜的香气许多天都盈盈于袖，不绝如缕。

如果说采集桂花尚算得上是桩风雅之事，那么之后的清理过程就不怎么有趣了。刚摘下来的桂花里有许多杂质，甚至还会发现几只小虫子，这些都需一遍又一遍地捡干净。随后，将选好的桂花平铺在筛子里，置于阴凉处晾干。至花色变深时，用手搓一下，有柔润感而无硬物感时便可。

接下来，就是腌制工作了。按 4 斤桂化配 1 斤盐的比例，放入梅卤（腌过青梅的卤水）中。酸中带咸的梅卤，能很好地中和掉桂花略有的苦味。半个月之后，取出桂花用水漂洗一下，再将其晾干。经过这番处理的桂花，除了能保持原有的花香，花色也依然鲜艳，且不会发黑。然后找一个干净的广口玻璃瓶，一层桂花一层糖（白糖的用量要多于桂花），依次码好，并用汤勺或者擀面杖压实。从紧实地旋上瓶盖那一刻起，糖桂花便替代了对甜蜜一词的所有遐想，一有空便会去看看它。瓶里的白糖和桂花晶莹剔透地交织在一起，一层金黄一层洁白，精致灿烂。在经历了与白糖数个日日夜夜的对话后，原本饱满的小花瓣渐渐被磨去了脾性，沁入了融化的糖水，与之混合落入瓶底。再等上十多天，瓶底那些美美地吸收了糖水的桂汁已变得蜜一般黏稠细密，透着宛如琥珀的金黄色泽，引人垂涎，糖桂花终于做好了。

小心翼翼地拧开瓶盖，刹那间，空气中便弥漫开阵阵淡雅的香味，甜丝丝地沁人肺腑。我是很喜欢这股清甜滋味的，这馥郁的桂花香正是秋天味道的延续。小时候晚上看书迟了母亲会做一碗年糕汤或者番薯汤，热气腾腾甜甜蜜蜜地喝下去。这些甜汤的点睛之笔，便是糖桂花了。有了糖桂花的帮衬，嗅觉和味觉都会立刻丰富浓郁起来，也平添了几多气质。

闭眼试想，一个小小的青花瓷碗里，汤汤水水的面上，零星散落着五六瓣细小的糖桂花，经热气一逼，立即弥漫起若有若无的淡淡清香，未吃先已醉人。待得一勺入口，那独特的桂花香便在口舌间绵延缠绕，由内而外地熏袭着人的所有感官神经。朵朵桂花在汤水中上下浮动，看得我竟然也是有些动容的。

二

《迟桂花》是郁达夫在年近不惑时创作的小说，被誉为郁达夫在艺术上最精致成熟的小说。彼时的郁达夫，人近中年，韶华已逝，创作风格的改变，究其原因离不开岁月的沉淀，过往的人生给予了他内心的豁达。

张爱玲说"出名要趁早"，实际上在我们的人生中，很多东西都来得迟，领悟得迟，但那些迟来的获得未必就是哀伤的，正如迟桂花，因为开得迟，所以日子也经得久。

小说的开篇是翁则生写给老郁的信。历经了几番大起大落的翁则生，对于现实，不求反抗，只求安宁。僻静的翁家山养好了翁则生的身体，也修养了他的心性。正如那青葱的山和如云的树带给人的清新淡雅，翁则生面对人生是沉静坦然的，他享受着淡淡的平和与甘甜。他是一个积极的遁世者，在逃避现实中找到了自我，在世俗中安放了自己的理想与追求。中年的翁则生开启了人生新的旅程，虽然健康、事业、婚姻都来得很迟，但这些前半生错失的精彩一齐充盈着他人生的下半场。犹如迟桂花的清香更为醇厚，人生在苦难之后是云淡风轻。

老郁在前往翁则生家的路上，闻到了迟桂花"说不出的撩人的香气"。翁则生的妹妹翁莲成长为一株现实生活中的"迟桂花"，无论身经怎样的纷争与磨难，她的内心始终保持着迟桂花一样的芳香纯净。她像迟桂花一样具有极强的适应性，就算在冷僻的山里也能芳香四溢，无论生活如何变幻莫测，她总能释放自我，保持天性，在有限的空间内找到无限的自由与幸福。

老郁生活于"煤烟灰土很深的上海"，去往僻静的翁家山参加朋友的婚礼，对老郁来说是一场有意识的心灵之旅。在我们以为老郁会与翁莲发生身体上的关系时，郁达夫对欲望的描写却戛然而止，继而转折为灵魂的净化。与其说是纯真质朴的翁莲唤醒了老郁的"邪念"，倒不如说是老郁在吐露发泄了压抑的欲望后，内心获得了一种久违的释放。

"但愿得我们都是迟桂花！"这句话像是郁达夫深情的呼唤，呼唤那些逝去的青春，也呼唤可期的未来。翁则生、翁莲、老郁都在生活的坎坷和世俗的纷争里获得了重生，或获得健康与爱情，或收获亲情，他们都在对自我的剖析与完善中找到了未来人生的激情与信心。人生中有些光亮总会被障碍物遮挡，但请一定向着光亮走。

三

"桂花树，我要向你表白：你崇高而珍贵，普通又特殊，但又混杂于众树之间：这恰恰是你的可贵！"这份表白来自于阿多尼斯。是的，就是那一位说出"世界让我遍体鳞伤，但伤口长出的却是翅膀"的伟大诗人。这位白发苍苍的叙利亚诗人将他是首部中国题材长诗取名为《桂花》。

2019 年 11 月 1 日晚间，89 岁的阿多尼斯在带着这本书出现在杭州单向空间。诗人有的时候就像是一位哲人，只言片语地为迷茫的人们跳脱现实的困顿指出一条路径。如此一来，读者收获的便不仅仅是一缕泛着桂花味的书香。

阿多尼斯在字里行间诚意而又热切地借此表白："你崇高而珍贵，普通又特殊，但又混杂于众树之间：这恰恰是你的可贵！"桂花，是属于中国的意象。可为什么一定是桂花呢？是因为诗人总是拥有比常人更敏锐的嗅觉吗？《桂花》的诞生也与中国有着不解之缘，其创作灵感直接源自阿多尼斯去年九、十月间的中国之行，尤其是皖南和黄山之行的印象、感受和思考，以及所到之处的遍地桂花香。全诗字里行间随处流露出他对中国的自然景观和悠久的历史文化的热爱，以及他对中国人民的情谊。

不过，这些都是明面上的原因。甚至，不能称之为原因。只是恰好的时刻发生了恰好的事情。深掘诗的世界，总能不断发现比字面更大的世界。"在阿拉伯文化中，因为一颗苹果，树和女性都成了罪恶之源。我之所以用桂花这株植物作为书名，是要赋予她完全相反的意义。就像大诗人伊本·阿拉比赞美女性的诗句：'一切没有阴柔气息的地方都是没有价值的。'我用桂花来命名长诗，赋予世界女性气息。"

诗人的世界果然离不开女性。

在单项空间阿多尼斯的第一声问候就是献给到场的"女朋

友"们，并强调："我最爱的是无名的女性，我所爱喝的酒，我所爱的女性，她们的精神存在于万物之中。"而他的笔名"阿多尼斯"中文意为"年轻的美男子"。如此一来，即便他今年89岁，10年后99岁，几十年后再也不在，大家聊起他的时候，依旧会喊他作"年轻的美男子"。

在现场浙江大学教授诗人江弱水欣赏他的笔触和思维。他试着剖析阿多尼斯的诗篇："有非常精粹的压缩性书写、跳跃性很大，格言式的写作归纳性特别强。像在用东方绝句的联缀书写方式，在现实、历史与传统的深刻反思里来回跳跃。"听了夸赞阿多尼斯却诚实地表示："我对自己的诗歌没有做过系统的思考，但是觉得你说得非常好。"幽默的话语，惹得现场一阵哄笑。

"献给薛庆国"——《桂花》的扉页上，印着这一句献词。多年前我有一个诗歌推荐的专栏曾经推荐过阿多尼斯的一首诗《致西西弗》，翻译就是薛庆国。讲到西西弗逃不开的便会谈及精神层面。诗歌精神，不是肢解诗歌器官；也不是热衷以小圈子划分诗的地盘；更不是要在一首诗里翻读出一段时间、一种观念、一个流派。如果这个世间能够存在少数有着诗歌精神的诗人，那么他们一定是尽力在保留纯洁的人。就像阿多尼斯说的那样，经受高热和火花的炙烤，在失明的眼眶里，寻找最后的羽毛。对着青草、对着秋天，书写灰尘的诗稿。

这种精神层面的东西也有点像迟桂花：因为开得迟，所以日子也经得久。

陈·桂花

我是陈桂花 *Wo Shi Chen Gui Hua*

不如跳舞

当然电影《爱乐之城》的故事是老套的。而事实上所有的故事都是老套的。

石头姐扮演的 Mia，梦想成为一名出色的演员。她一边在片场（似乎是很像横店的影视城）里的咖啡店打零工，一边不停地参加各种试镜。可是那是洛杉矶，Mia 的每次试镜似乎都不那么理想。高司令扮演的是钢琴师 Seb，梦想做自己的爵士乐，开一间属于自己的爵士酒吧。可是为了生存，他不得不在餐厅打工。

这样的两个人，相遇了。

大约是有些惺惺相惜的吧。那个时候，他们是彼此的知音，相互支持着彼此对梦想的追求。

是高司令先妥协的。他成为了一个流行乐团的键盘手。当石头姐去看他的演出的时候，看得出她眼里从期盼到惊讶到失望的转变，与周围狂热的粉丝格格不入。事实上独角戏的话剧失败后石头姐也想妥协的，是高司令鼓励她参加了令她成功的那场试镜。

他们最终分手。就像梦想与现实的分手。

而他们是相爱的。

我最喜欢的是这本电影的结局，以及电影里的服装。

片尾的七分钟，说的是"假如"。

五年后成为大明星的石头姐与丈夫偶然进入到高司令开的爵士酒吧，高司令弹起了他们初遇时的那首 *City of Stars*。在这首歌里，蒙太奇般地演绎了"假如"。

假如，假如，假如……结局是否会不一样？这或许是我们经常说的一句话。

这些"假如"的美好，就让他留在假如里。

成年人的男女关系里大约最好不要过于强调爱情。自我实现这件事情，远远比爱情来得更为重要。千万不要让另一个人承受过多，譬如是因为你我才……而事实上在美梦成真的时候再去怀念，"假如"的爱情，会比事实美好太多。

何乐而不为呢。

衣服实在是太美了。石头姐的每一件衣服都好看。复古的风格，惊艳的颜色混搭。春天马上来了，我要去买衣服。

所以你看，虽然是情人节档期的影片，但爱情真的不是唯一的主题——

不如跳舞。

妖和猫的问题

很难用好看，或者不好看来评价电影《妖猫传》。

事实上，不仅仅是这部电影，任何文学艺术作品都不能用好坏来简单评判的。看完《妖猫传》从电影院里走出来的时候，我意外地发现自己还是蛮喜欢这部电影的。而意外是因为我晓得，肯定有人说不好看，于是便开始静下心来思考关于这部争议颇大的电影。我以为，关于这部电影好看或者不好看争论最大的问题出在观影标准上。也就是说，我们需要探讨一个问题，当我们看《妖猫传》，我们在看什么。

由此，我想到了网络文学当中的玄幻小说以及架空小说。

《妖猫传》改编自日本著名作家梦枕貘的魔幻小说《沙门空海之大唐鬼宴》，讲述了盛唐时期一段奇幻史诗。简单来说《沙门空海之大唐鬼宴》讲述了日本留学僧空海来到大唐取经，因为平妖而卷入大唐宫廷秘闻之中，最后斩妖除怪，顺利取回真经。异国辉煌灿烂的文化，与去国怀乡之情的冲突，是小说中的一个重要主题。而小说本身，可以说是一个日本人对盛唐的怀唱。

梦枕貘被誉为"日本魔幻小说超级霸主"。他高中时代开始发表诗及奇幻风格作品，并用"梦枕貘"这个笔名，意为"吞食梦的恶魔"。梦枕貘是掀起日本上世纪八十年代的第二波奇幻文学热潮的大师，为中国读者熟悉的是他的《阴阳师》。但在作者本人的心目中最满意的作品却是《沙门空海之大唐鬼宴》。作者说了，《沙门空海之大唐鬼宴》是个魔幻故事，不仅风格暗黑，而且悬念十足，营造了一个妖异诡谲的大唐。

《妖猫传》的场景无疑是美的，美轮美奂。这种美体现出了前所未有的东方质感。它用抽象的画面还原、再现、记录了大唐盛世，同时又美得壮丽、恢弘、深沉、哀婉。尤其是闪回中第一次出现天宝年间的极乐盛宴，是影片的高潮，观众跟随着杨贵妃的视角进入到了这个神秘的地方，一幕幕华丽的场景令人目不暇接，正如导演陈凯歌在说到电影的场景的时候所说："我说这不是电影场景，这是我梦中的唐朝。"是的，富有，诗意，美轮美奂，以及包容。

作品的叙事也是一直能牵着观众走的。只是我想大部分心存疑惑的观众搞不懂作品究竟想表现怎样的情感与思想。

这部电影是玄幻小说改的。我以为，这一次导演陈凯歌踏踏实实地给大家讲了一个十分精彩的故事，并在不经意间为国产玄幻题材电影树立了一个新的标杆玄幻。它是基于历史的幻想，是很作者化的表达。在现今的很多网络文学的大 IP 中，玄幻、架空占了很大比例。而玄幻文、架空文的读者，也占了网文读者的很大一部分。玄幻或者架空背后是一种"移情"的心态。自我价值的实现是人类最高层次的需求，玄幻、架空小说作者在温饱、安全、社交、尊重等前四种需求都得到满足的今天，越来越渴求体验更高端的需求，而最简单的方法就是通过想象创造或者改变历史，证明自己的存在价值。所幸的是，在属于这一代人的年代，所有的情绪都能借由文字或者影像"破茧"而出。

那么我们在读玄幻的时候我们在读什么，作者在写玄幻的时候又在写什么呢？我们在看的时候，又在看什么呢？写玄幻、看玄幻，还是在看人际、看人心。看人和世界的关系，俗一点说还是看人情事理、恩怨情仇，但披以癫狂梦幻的外衣，并借此放大前面的所有。

当然，必须得指出，《沙门空海》有着明显的缺点——不考究历史细节，随意篡改历史。比如影片的最开始，妖猫对刘云樵说的那句话吧："唐德宗皇帝将要死了。"稍有点历史常识，都会知道，庙号是皇帝逝世之后，在太庙供奉时才起的名号。皇帝在世的时候，是没有这个称呼的。再比如，《沙门空海之大唐鬼宴》中"编造"了杨贵妃是中胡混血的情节，《妖猫传》忠实了这一点，请了混血美女饰演杨贵妃，让许多人大呼不能接受。以及白居易担任朝官时距离马嵬之变只有 30 年、李白与白居易在影片中的形象、空海留下的墨笔与王羲之的字并列，等等，严格地说来是属于硬伤的。

一直以来我们经常性在讨论是商业类型片的外衣与艺术片的内涵追求相结合能否做好。在讨论这个问题的时候，往往我们的关键词是"商业"与"艺术"。而对于《妖猫传》我以为可以从"类型"的角度来探讨。这个类型指的是"类型文学"的"类型"。所以说，我们看《妖猫传》，看的应该是类型文学 IP 背景之下的电影。那么自然应该有一种新的观影视角了。

海边的曼彻斯特

是用情至深的电影。一直在忍，一直在留白。

大约是经历过至亲突然离世，影片中李接到电话的瞬间，我似乎就猜到有什么即将发生。而影片中一路堵车的焦躁，让我回忆起赶去见母亲最后一面时那段怎么也开不完的长路。当李赶到医院，大哥已经离世。那一年，我在浙二医院急诊的抢救室里见到的，只是躺在一堆仪器中间的，冰冷的母亲。

电影里，赶到医院的李，并没有生离死别的悲伤，也没有失去亲人的落泪。沉默是他唯一的表态，即使走进停尸间，看到已经冰凉的哥哥的遗体。随后大哥乔 16 岁的儿子，有着同样的冷静、寡言，在停尸间停留的时间，甚至比李还要短。"好的，推回去吧"，同样的镜头角度，更短的时长，如同一段可有可无的空镜头，这便是父子之间的最后一次见面。

这是一本没有大开大合的电影，平和的基调贯穿于电影始终。李是一个普通得无以复加的蓝领，哪怕经历了千回百转的波折；庸常的人生总是按部就班地匆匆而过。哪怕你确然知道，内心的苦痛已经遍体鳞伤。但他总是以一副无谓的形体存在着，面无表情，脸色苍白。他沉默寡言却一点就着，怒火仿佛扣动扳机，瞬间出膛而出，直冲面门。这是一个孤独、寡言、易怒，同时又有些失败的灵魂。

一连串的倒叙，才慢慢地讲完整了这样的一个故事。原本也是热气腾腾的人生啊。我看了看时间，已经一个小时。不由在心里暗叹了一下导演以及编剧的功利。倒叙闪回的穿插，并没有打乱观影的节奏以及叙述的主线，而意识流一般的情节推进，却也丝毫没有沉闷之感。

任何一个中年人的心里，大约都是千山万水以及千疮百孔，却还是要活下去的罢。

谢天谢地，李并没有落俗套地振作起来，在生活的阳光和亲人朋友的抚慰下开始新生活；谢天谢地，影片没有给我们一个大团圆的结局。影片中的天空始终是灰蒙蒙的，地面覆盖着皑皑白雪，对白平淡简洁，舒缓的配乐中透露出一丝伤感。没有救赎，也没有解脱，只有一丢丢的遗憾。但我以为，这才是人生。

海边的曼彻斯特，人迹罕有，寂静无声，唯有海鸥成群飞过。时间总是如此，自顾自地一日日度过，散落了满地的春夏秋冬。

克制与留白，不是写字的时候才有。

我不爱你与你无关

时隔十年，又一次认认真真地看了徐静蕾的电影《一个陌生女人的来信》。看完，关上电脑，风从半开的落地窗的缝隙里吹进来，居然久久，久久不能平静。太多的情绪涌上心头，恨不得出门呼吸一下夜凉如水的空气。

在今天之前的很多很多年，提起《一个陌生女人的来信》，无论是斯蒂芬·茨威格的原著还是徐静蕾拍成的电影，好像总喜欢用"我爱你与你无关"来做个注解。而此刻我却想说，"我不爱你也与你无关"。就像当初同情女主角，现在反倒更理解那个男人了。其实我想说，爱或者不爱，大约是人世间最无能为力的事情。很多很多年里，我们都在自以为是的感情里颠沛流离，甚至还带着一种悲剧的宿命感，一种高贵的牺牲精神。而其实，若是你我都愿意掀开这层离奇的外衣，看到的真相，仅仅是两个无法去爱的人。从某种意义上而言，男人的情感或许来得更为纯粹。电影里，姜文捧着徐静蕾的脸说，"让我猜猜，你这个小巫婆到底是从哪里来的"，然后便铺天盖地地吻了下去。表面上，徐静蕾似乎是爱了这个自恋的风流倜傥的男子大半辈子，不如说是她把无法自爱的自己放逐在了没有爱的荒原里。当然，关于"自爱"这个词应该不是我们被灌输的带有某种道德绑架意味的"女人要自爱"的意思，而是自己爱自己。看她流连在一个一个男人之间，幸和不幸都有了债主。

再来说说电影里的姜文。透过屏幕，我都能嗅到那浓重的男性荷尔蒙的气息。迷人极了。他与各个女人之间的关系松散而且自由。看上去很淡，但其实又挺情深意长。你看，与齐耳短发的徐静蕾抵死缠绵之后，徐静蕾便坐在了他的摩托车后座在丛林里穿行，多么浪漫。也不是想象中的一夜情般的无情无义呀。每个共同度过的时光，都是两人偶尔相交的枝蔓上结出的亮晶晶的果子，不多，但甜美。某种意义上来讲，男人的感情较女人更纯粹吧，较少地加入自己的臆想。而女人跳脱不出的，往往脱离了感情本身。而美好的感情对于人类最大的恩惠是存在于记忆里，滋养余生——直到很多很多年之后，还记得那一天的那一顿早餐，和花瓶里每年如期而至的白玫瑰，还有那一句，"走了的人都会回来，迟早"。

电影里那个男人看着这一封陌生女人给他的信，那张过尽千帆后淡淡疲倦又温软爱意的脸，真的会让人觉得，人世间所有的欢爱与诀别都有了被原谅的理由。

晚安，亲爱的文森特

　　记不清是从什么时候开始热爱梵高的。只是那一本《亲爱的提奥》一定是我人生中最重要的书籍之一。他的画作里，对色彩的掌控无与伦比，似乎他生活中有多苦难，他在画布上就有多洋溢。或许对于一位艺术家来讲，表现痛苦并不是一件多么困难的事情，但如何糅合热情与痛苦，来表现人世间的激情、喜悦、壮丽，大约只有梵高。如同加歇医生所说："……他的爱，他的天才，他所创造的伟大的美，永远存在，丰富着我们的世界。"

　　不说那些梵高的生平了。虽然若是不懂梵高的生平，看电影《至爱梵高》是很难进入的。对于一个没有人理解，一直处在周围人们的嘲笑与讥讽中的人来说，他不可遏制的动力，在哪里。记得余光中先生在翻译《梵高传》的时候曾经讲，"在一个元气淋漓的生命里，在那个生命的苦难中，我忘记了自己小小的烦扰"。

　　电影《至爱梵高》里的场景和人，都是从梵高的画作里来的。15 个国家的 125 名艺术家，耗时五年还原了 65000 帧油画。整部电影用梵高的眼睛看世界，也讲述了这名死后举世闻名的艺术家，生前是怎样孤独地渴望生活。《罗纳河上的星夜》《夜间咖啡馆》《罂粟田》等，都变成了生动的场景。《加歇医生》《邮差约瑟夫·鲁林》从画中出来，娓娓道来他们与梵高的交往。那种奇妙的感觉，让人瞬间分不清究竟是梵高眼中的世界是如此的真实，抑或是梵高创造了属于他自己的世界。无论如何我以为，用梵高自己的作品表现梵高，是最高程度的致敬。

在梵高生前给弟弟的最后一封信中，他写道，只有画画才能表达我心中之所念。

"当我画一个太阳，我希望人们感觉它在以惊人的速度旋转，正在发出骇人的光热巨浪。

当我画一片麦田，我希望人们感觉到麦子正朝着它们最后的成熟和绽放努力。

当我画一棵苹果树，我希望人们能感觉到苹果里面的果汁正把苹果皮撑开，果核中的种子正在为结出果实奋进。

当我画一个男人，我就要画出他滔滔的一生。

如果生活中不再有某种无限的、深刻的、真实的东西，我不再眷恋人间。"

黄色和蓝色是他的最爱。一种渴望生活，另一种沉溺孤独，正如同梵高交织着喜悦、欢欣、苍凉、落寞、孤独的一生。

相比普通意义上的人物传记，这本电影是充满感性地从精神领域来探索这位伟大艺术家的灵魂深处以及达到与观众的共鸣。我想影片的主旨不在探讨梵高的生死之谜罢，而是展现他精神世界中的美好：他会欣赏花朵绽放、青草泛起的光泽，一只乌鸦在他午餐上的片刻停留。

《至爱梵高》中最动人的是梵高，然而又不仅是梵高。或许更多的是热爱梵高的人。是那些追求理想，为真理而努力生存的人。

麦浪金黄，群鸦惊飞。麦田里再也没有梵高。

"在世人看来，我是什么样的人？是无名小卒，一副无足轻重，又讨人厌的样子。这样的人在现在，以及将来，在社会上都难有容身之处。总而言之，我就是最为低贱的下等人。可是，就算这已成为了无可争辩的事实，总有一天，我会用我的作品昭示世人，我这个无名小卒，这个区区贱民，心有瑰宝，绚丽璀璨。"

夜已深了，我该上床安歇了。祝你晚安，也祝你好运。与你亲切握手。来自挚爱你的，文森特。

电影的末尾，*Starry Starry Night* 的音乐响起。观影的人们喃喃地跟着哼唱起来。黑暗中的陌生人，像是握住了彼此的手。

也祝你晚安，亲爱的文森特。

这个世界上有一种灵魂，孤独，又闪闪发光。

灵魂深处的声音

晚上 9:50 的电影《我的诗篇》似乎是被我包场了。我在想一个问题，如果我没有买票，那么这一个场次是不是就取消了。而看完，甚至说在观影的整个过程中，就像这因为人少而感到越来越冷的放映厅一样，我的心越来越凉。当然，并不是这电影不好，相反的，非常好。六名打工者，六个我们最熟悉的陌生人，漂泊于故乡与城市之间，忙碌于幽深的矿井与轰鸣的流水线，饱经人间冷暖，同时将这样的生活化作动人的诗篇。他们写的诗，来自地心深处、矿洞尽头、归乡途中、新婚之夜，来自所有诗意照进现实的时刻，而《我的诗篇》则是关于平凡世界与非凡诗意的故事，蕴含着对陌生人最深切的祝福。

这本纪录片里那些诗歌的作者并不是我们常常见到的诗人的样子，不是有着白皙颀长手指的不食人间烟火的文艺青年，也不是戴着眼镜满腹经纶的学究。他们是粗粝的，是寂寞的，是贫困的。在观影的过程中，我一度心潮澎湃泪眼婆娑，这些生活在社会最底层的人写出的诗，完全颠覆了我的想象，就像影片中陈年喜写下的那一句，"再低微的骨头里也有江河"。我也一度在空旷的观影厅里生出所谓商业片当道而这样的电影无人问津的小小哀叹。而事实上我以为，作为一名普通的观众，只需要保有一种倾听的温柔，去了解这些被我们忽略的美好的声音，来自灵魂深处的声音。

这个世界是很残酷的。人和人来不及更多地交流就被贴上了社会标签用来被相认。因为我曾经写过一个诗歌鉴赏的专栏，所以对这本纪录片里提到的好几位诗人有过专门的关注，当然，也包括 1990 年出生的在富士康打工之后坠楼自杀的许立志。有时候我会在想，对于文学的热爱，对于诗歌的执着，对于这些打工者们，是幸运还是不幸？大多数人一定会觉得，真是幸运的啊，在这样芜杂的世界里，他们内心有着这样一方纯洁的净土，甚至想象着他们每天脱下工装，在工棚微弱的灯光下读下甚至写下那些诗篇的时候也许是人生最美妙的时刻。而这个世界上大多数的东西都是双刃剑。我甚至在想，如果许立志没有这样一颗敏感脆弱文艺的心，他会不会在这个世界上多活几年？那些被感知到的所谓的美好，相反的也是吞噬心灵的巨大的恶魔。我相信诗歌是带给过他们美好的，但一定也给了他们巨大的痛苦。所以所谓的诗意和远方，或许只有那些我们声情并茂地吟诵这些句子的时刻，才是如傻白甜般美好着的吧。

我想到了在单位打扫卫生的阿姨。这几天我有强烈的愿望想写一写她。有时候在内心很挣扎，觉得得不到认同，甚至思考着生命为何意义的时候，我会强迫自己站起来打开门去寻找她的身影。她永远热火朝天地干着活儿，把地板一遍遍地拖得锃亮，把垃圾桶收拾得干干净净，把每个办公室里扔出来的垃圾整整齐齐地分类，把纸板报纸叠得整整齐齐方方正正……我相信她是不会写诗的，但于她来讲，大约比写诗更重要的，是干完她每天干完的活儿，然后迎接第二天。所以如果老天爷就是赏赐了一些人一颗多愁善感的文艺的心，你说是恩赐还是折磨？

所以事实上在脚踏实地的生活中保有一颗适度文艺的心是很难的一件事情。我相信诗歌或者其他的文艺形式都是在艰难人生里开出的花，是我们得到的安慰。不是所有没上过大学的人都是粗人，也不是所有干着粗活的人都麻木，更不是所有不善言表的人都精神荒芜。这一切，反过来也是成立的。而这个世界上逆袭这件事并不是不存在但事实上也是少之又少屈指可数，大多数时候，也只是像今天我孤单地坐在电影院里看完这电影，看着这些非虚构的主人公们面对生活的感受，看他们的挣扎和伤感，抑或泰然自若，并且做一些个体化的思考。大约我们能做的，也就是买一张票，去看一看，而后思考，或者回家睡觉。

我相信，这个世界有的人身在底层，有的人精神在底层。

而我以为，如果能保有着内心的精神高度，而又能入世的活在这个世界上，是一件并不容易的事情。所以从这个意义上来讲，艺术和诗歌还是值得被珍藏在灵魂深处的。

我喜欢《乘风破浪》

夜色里开着车去看电影《乘风破浪》，收音机里正好放着朴树的《平凡之路》。我于是很开心地笑起来，如此巧合。听着韩寒上一部电影《后会无期》的主题曲，去看这一本电影。事实上《后会无期》我不大喜欢。以至于今天看了昌建老师转的一个帖子是关于一部电影代表一个省的，也不晓得谁搞的代表，浙江居然是《后会无期》。真是让人很不高兴的一件事情。当然最让我不喜欢《后会无期》的是里面的"抖聪明"以及各种半生不熟的纠结。当然这两点出现在一个聪明的年轻人身上，事实上也很正常。

而毕竟我们只是普通的观众。坐在电影院里，很多时候只想看一部温暖的、有诚意的、好好讲故事的电影。

我喜欢《乘风破浪》讲故事的模式，更喜欢这一次的韩寒。感觉上他更从容了，也更坦然了。事实上这应该是一部比《后会无期》更加商业的电影。从片尾长长的名单中看出这是一部分工非常细致的电影。也许是对商业电影的操作模式了解得更为透彻，对电影工业的流程知晓得更为深入的缘故吧，一群人彼此做着自己更合适的事情。

故事是小镇背景。

这样背景的文艺作品一直很吸引我。大约是因为事实上我并没有经历过这样的生活场景，却一直在各种小说散文中经历着中国南北方不同小镇以及小镇青年的风情。事实上，我们这个国度的城市并没有多少真正特殊意义上的独特审美价值，当然我觉得上海除外，不过最好也是稍微老旧一点的上海才更有味道。而小镇，真的是很有故事的一个地方。

故事讲的是 1998 年的辰光。那时我是重点高中里的乖学生，却也悄悄去过录像厅，跟着"小流氓"偷偷混过几天甚至那时的人生目标就是当个小太妹……

《乘风破浪》似乎讲的是一个父子和解的故事。而看完后我甚至觉得其实他们并没有和解到哪里去。每个人都有着自己对待这个世界的一套方式方法，并不是全天下的事情都需要和解。但是这个故事我很喜欢，整个看电影的过程我很放松，笑得很开心，也隐隐被感动到。我觉得这样就很好。这样的一种纯粹的喜欢，我觉得就是很有意思的一件事情，我觉得好，就是好看，喜欢看，也并没有什么别的特殊的原因。

后来在开车回家的路上，看着空无一人的道路，抬头看到前几天在苏梅岛渣汶海上空看到的那一轮上弦月已逐渐变成了平整的半月的时候，我忽然有一点明白了我喜欢这部电影的原因，大约是因为这本电影还保留着韩寒作为一个作家的特质。

记得问过一位编剧，关于剧本和小说的异同。当时他举了一个例子，说比如小说一段场景描写可以写上好几千字而也许在影视剧里只是一个空镜头的划过。而后来读到很多转行做了编剧的写作者的小说，就会觉得小说性或者说语言的魅力和美感差了很多。越来越多的人着急地讲一个故事，却忘记或者忽略了写作中的"闲笔"。文学作品的闲笔是很好懂的，而投射到电影，仿佛可以理解为是一些枝枝蔓蔓的细节，跟剧情若即若离，却颇有玩味。

并没有目的地写完这些，夜已深。春节短暂假期正式结束，明天便要开工。

事实上，一部电影就是一部电影，就像一段假期就是一段假期。并不存在更多的所谓"岁月安好乘风破浪以及愿你乘风破浪归来仍少年"之类的抒情。观影，写字，假期……大约都是一种暂时抽离生活本身又在创造另一部分的方式罢。

相爱相亲　陌上花开

转眼冬至，去看张艾嘉的电影《相爱相亲》。整部戏啊，其实就是那首我们最爱的《爱的代价》。

这是最普通的家庭故事、最朴素的直线叙事，以及最生活化的三代女人：欲摆脱家庭束缚的女儿、絮絮叨叨的中年母亲，以及独守空房一辈子、只能捍卫丈夫坟地的姥姥。故事地点发生在河南。在三代女人可大可小、相互联结的冲突与对话中，《相爱相亲》有了生活流电影的气质。所以你看，大约最文艺的女神，就是张艾嘉这样地接地气。影片中大量自然光的运用，给电影蒙上了一种近乎于生活本身的、站在太阳下的明亮与温暖。

就像《爱的代价》里唱的一样，"就当他是个老朋友啊！"这似乎就是观影的最大体验。明明是家庭矛盾，我们却笑了——那种重新审视自身的会心一笑。三代人的爱情故事，这三个女人又被彼此的爱情故事所影响。

阿祖和她男人是包办婚姻，结婚没多久男人就要走。男人走后，除了开头的几封家书和几块钱的工资，就再没了音讯。阿祖一直在等，等到把男人的父母养老送终了，男人还是没有回来。最后，阿祖等来了一具尸体，那个男人去世了，说要入土归乡。阿祖做好了自己的棺材，守着她男人的孤坟，等着哪天自己死了就可以跟他合葬。但这时传来消息，坟里躺着的这个男人，在城市里娶了一个老婆。他们组建了家庭，有一个女儿，阖家幸福。现在他女儿想要把父亲带回去和母亲合葬。阿祖呢，她连她男人的照片都没有。她能拿出这段婚姻关系的唯一证据就是：她的名字写入了家谱。她像那座矗立在村口的贞节牌坊一样守在坟前，好孤独。她苍老的眼中，依然有着对爱情的美好幻想，只是她为此承受着无尽的孤独。她还记得那一年，他多寄了 5 块钱回家，是为了给她做一件过冬的袄。在经过很多事情后，阿祖同意了迁坟，在村民们从棺材里拿出那个矩形的骨灰盒，阿祖摸了摸上面的大骨架说了一句：我不要你了。

　　慧英的老公是驾校教练，生了一个女儿。有一份当老师的工作，每天都有许多事要忙，她像是一个女强人，里里外外一把手，一方面操心着老公的健康，一方面担心着女儿的婚姻。她的生活琐碎，也有她的用心良苦。她好面子，强硬，教训起人来毫不留情，她的丈夫和女儿是最直接的受害者。但她又把自己的所有的人生和爱都扑到了这个家里，体贴入微与无处不在。她和丈夫彼此吃醋，互不相让，到了关键时刻却又会感动于丈夫笨拙而真挚的告白。也许，当我们都认为爱情在婚姻和生活中被磨灭时，回头总能看到泪流满面的温情。因为大约这才是爱情的模样。

薇薇与所有当代年轻人一样，对老一辈的恩恩怨怨并不感兴趣。吸引她去乡村的是传说中的贞节牌坊和她无法理解的阿祖。爱上了一个还在追逐梦想的民谣青年。他存款不多，每天就是唱歌，生活简单，心地善良。但微微真的很爱他，真的爱。为了这份爱，她包容了他从故乡来找他的姑娘。可是有一天，薇薇让男人继续去北京追逐他的音乐梦想。走的那天，薇薇抱着他说：我不会等你，我不会像姥姥那样等你。

孤身一人的阿祖，经常不动声色，不发一言。唯一一次色变，是她收到一张后期合成的她和外公的合影，但雨水却把照片弄花了。那是姥姥第一次哭泣，她手足无措，泪水溢满眼眶。

等了一辈子，连一张照片老天都舍不得给。据说《相爱相亲》原来的名称叫做《陌上花开》的。

陌上花开，可缓缓归矣。

田间阡陌上的花开了，你可以一边赏花，一边慢慢回来，或者小路上的花儿都开了，而我可以慢慢等你回来。

爱情里，当然要有你。即便，你只是在我心里。

绚烂明丽之下的深刻与孤独

　　上次看电影《布达佩斯大饭店》大概是一年前了。看完之后没有按照日常的惯例写影评，哪怕是在微信朋友圈里用只字片言描述。原因大概是不知道怎么写吧。但若是有人问起这部电影如何，我还是会点点头说，好啊，不错啊，你去看看吧。

　　电影用处于四个不同空间的人物来架构故事情节，以虚构的布达佩斯大饭店为小背景，以古斯塔夫先生为主角，利用黑色幽默的方式通过无价名画的失窃、名门望族的财产争夺、财产争夺引发的命案等悬疑事件展现隐含的欧洲经历了半个世纪的战争大背景。移动长境、暖色调的艳丽布景、精致装潢与服饰、冷幽默、一个了不起的焦点人物、一段或几段令人惊艳的成长关系，迷你布景和对摄影光线的控制超级棒的配乐……短短的一小时四十分简直是一场童话体验。不得不说，这真是一部画面色彩丰富、场景设计精致的复古电影。片尾字幕提到，该片是以奥地利作家斯蒂芬·茨威格的作品为灵感。茨威格是一名和平主义者，不幸的是，二战时期他先后经历被驱逐、流亡，最后在理想破灭的环境中选择了自杀。茨威格有一部作品叫做《昨日的世界：一个欧洲人的回忆》，这部作品记录了一战到二战时期欧洲的社会现实面貌，细细品味，倒是能够咂摸出与电影所隐含的主题。

　　但其实，无论是走入电影院来看电影的观众还是那些在自己家里用 iPad 看片子的我们，有多少是会对一战到二战时期的历史了如指掌的呢，又有多少是对茨威格和他的作品做过深刻透彻的研究的呢？我想，应该很少吧。那我们要在这一小时四十分钟的电影里看到什么找到什么呢？在我的视角，《布达佩斯大饭店》是对于茨威格全新的诠释，他将茨威格的人生经历与作品中的精华进行浓缩，并以他特有的电影语言进行重塑。作为艺术家，茨威格与斯·安德森两人大相径庭。茨威格的作品风格一本正经，情节充满变数，长于心理描写，带有他那个时代顽固不化的严肃风格。而韦斯·安德森的电影机智风趣，炫酷而又带有讥讽，关注人物外表甚于内心世界。尽管《布达佩斯大饭店》的风格看似浅薄，节奏快得不着调，但它在某种程度上却是一座里程碑——毕竟，它用佯装正经的方式，以少年粉丝向伟大作家的雕像顶礼膜拜作为影片的开头。导演韦斯·安德森热情四溢，并流露于每一帧电影镜头，他用他独特的做法，唤起更多人关注这位几乎被我们遗忘的伟大作家。

　　我总是不喜欢将一部艺术作品拆开分析弄得支离破碎的样子，欣赏是一件很个人和整体的事情。有时候总是觉得是不是年少时受了太多应试教育的影响，非要讲出一部电影一幅画一首诗的意义才算是读懂看懂，否则就似乎没有权利说喜欢。但事实是正好相反，喜欢、有所共鸣就是最大的看懂。比如《布达佩斯大饭店》，我脑海里印象最深的偏偏就是 Zero 和阿加莎在在旋转木马那里，Zero 给了阿加莎一本诗集的场景。如此的唯美，像童话故事一般。你看啊，在电影里，Zero 和阿加莎像一对真正的恋人一样相爱，根本就不用担心有什么第三者插足；古斯塔夫像一个真正的师傅一样教授他的徒弟 Zero，并且还和他做了朋友；律师只不过坚持了自己的职业操守；伯爵夫人的管家也不过是践行了对主人的承诺……一瞬间那些复杂的幻象都似乎脱下了外衣，一切都变得那么简单、纯粹、厚道。而电影的最后，伯爵夫人之子狄米崔逃逸得毫无踪影，隐匿于战争之中。而此刻，这只逃亡的幽灵恐怕正游离在你与我之间。

但幻象终究是幻象。

或许我们都是这样的人，常常经意或者不经意的"极为优雅地维持的那个幻象"。而绚烂明丽之下深刻与孤独，正是我们自己。如同这布达佩斯大饭店。

拥抱每一个瞬间

要怎么来形容这样的一部电影《降临》（*Arrvial*）呢。冷静理智得甚至于冷酷，但依旧有欲罢不能的诱惑引着你去探究。到最后会发现之前的所谓冷，全是前戏，猝不及防间，温情迅速地撩拨并且 get 到你的 G 点，却也是稍纵即逝。若是被打动了，那么感动满满欲罢不能。若是并没有 get 到，或许依旧一脸懵逼。

这是一个有关于外星人的故事。事实上，在日常生活里我常幻想有外星人的存在，尤其在很晚亮着灯读书或者写字的时候，总会幻想如果有外星人从上空路过，会不会误认为这是个什么信号然后把我带走。*Arrival* 讲述了外星人乘着飞船来到地球，艾米·亚当斯饰演的语言学家露易丝受雇于政府，来与外星人沟通了解它们此行的目的。然而当用外星语言"七肢桶"与这些来客交流时，她眼前突然浮现了她从出生到死亡、已知或未知的完整一生……

电影线索清晰，叙事技巧几乎完美。开场是文艺的。在大提琴中，沉郁的基调和大海般的情绪，带着宿命的悲悯色彩。而贝壳（电影中外星人的不明飞行物）出现时所有的背景音乐，都根本不像乐曲，更像人的耳鸣，或者说一种近乎悲鸣的呼唤。作为一名文科生，我几乎是丝毫不敢懈怠地仔细倾听每一句台词试图去理解里面大量的术语，而事实上这些术语只是术语，就像以前读书时的那些数学公式，你不必探究它从何而来，只需要记住那样的一个存在即可。却还是佩服作品的想象力，人类与外星生物"七肢桶"如何能一步一步地地用语言进行沟通。露易丝和外星人在互相学习对方的语言时，提到了"萨丕尔沃尔夫假说"（Whorf Hypothesis）。这是一个非常著名的假说，简单说来就是语言和思维关系的假设。所有高层次的思维都依赖语言，语言决定思维，使用不同语言的人，对世界的感受和体验是不同的。最简单的例子，就是有些人阅读翻译小说时永远无法进入，就是因为思维尚未与语言同步，尚未习得另一种语言的思维模式。而思维模式我以为是一种意识形态的东西，就像在影片里露易丝与外星人沟通的第一步是脱去用做保护的防化服，第二步是摊开手掌，即便隔着玻璃，也试图传递一种带着体温的诚意。

　　事实上外星人到达地球的目的是带来了一份礼物，那就是通过露易丝将它们的语言交给人类，因为外星人们预见到了 3000 年之后它们将需要人类的一次帮助。而为什么外星人选择了露易丝，是因为露易丝身上的特殊功能，预知未来。

　　影片在此时忽然从科幻片变成了文艺片。在执行与外星人沟通的任务时彼此相爱的那个男人 Ian 其实早已被露易丝预见到最后是要分开的，而她和 Ian 的女儿最终是得了绝症离世的……

If you see your whole life start to finish, will you change things?

明明晓得要分开的爱人，可是当下是爱着的，为何此时要分开？

知道旅程，知道目的地，也愿意拥抱每一个瞬间。

秋凉已至

看完话剧《海上夫人》从大剧院走出时，落雨了。

这是一部传统话剧，是易卜生后期的作品。很好看，也不难懂。当然大约每个人能看出自己想要的那一些。主演陈数当然是美的。记得她演的黄依依，记得她演的白流苏。这次她演了艾鳜达。

艾鳜达原来就是在这无边无际的大海上成长起来的，现在她已是万格尔大夫续弦的妻子。她认为他们并不是自由的结合，因此她不满意他们的婚姻，很想离开她的丈夫。事实上，她过去也曾与水手庄士顿相爱，并发誓等待他回来，他也发誓要回来找她。他们有过一场大海见证的"婚礼"。他和她的戒指一同拴在一个钥匙环里并且被抛向大海。她一直被这爱情的誓言所困扰，几乎不敢想它，更害怕承认它。命运似乎有意捉弄她，她害怕的事情终于发生了。过去和她订婚的水手，他果然遵循誓言回来了，而她一碰见他就感到有所依恋；但是时过境迁……

开场时，画家指着自己的画说，"这幅画里有一条美人鱼，她处在海水和淡水交界的峡湾里，进退两难，奄奄一息……"

事实上艾鲡达最终选择哪一方并不重要。所有摆在我们面前的不确定，都是既让人畏惧又吸引人的。就像身为万格尔大夫妻子的艾鲡达一开始以为为了保全婚姻而放弃水手庄士顿这一决定并不是真正的选择。而当万格尔大夫愿意给予艾鲡达真正自由的时候，艾鲡达终于明白，当能选择的时候，一切便失去了所谓的意义。

所谓自由，是面对选择，自己负责。

事实上在话剧开场前，我也面临这一场不大不小的选择；事实上我们也会遇见那些畏惧又吸引的人和事；事实上我们也总习惯性地将进退两难的选择归咎于客观条件的"不自由"。我们有时候就像双栖动物，向往海的自由，却又留恋陆地的安稳。

雨愈发得大了，斜风送雨。

秋凉已至。

记　录

　　打开电脑准备写一点字的此时，猫咪花小小同学一直猫在我身边，用它无辜的大眼睛看着我，时而用软软的身体蹭蹭我。不晓得是秋愈发深了，还是夜愈发深，没有了早几日唧唧的秋虫声，这夜晚，很寂静。做活动突发情况事实上是常态，处理问题的心态大约是比能力更重要的事情。最近无论是日常工作，还是业余时间，事实上都有很多想写的，但无奈事情太多，大约也是人到中年容易疲惫，常常会觉得没有时间和经历来记录。

　　上周日做了一场读书分享会。在交流的时间段有学生问如何才能写好作文。事实上这样的问题是经常会被问到的。客观来讲，任何事情都是有天分的，就像我似乎永远算不清算术一样。但是任何事情也是可以有方式方法做到比现有的状态更好些的。比方说写作文这件事情，我从小养成的习惯就是，日常生活随时不忘记录。这个习惯一直保留到现在，随身带本子和笔甚至是比带唇膏和粉饼更让我有安全感。保持敏感，保持与这个世界的互动，我以为是必要的。并且把脑海里的想法诉诸笔端，也是一次思维训练与整理的过程。

合唱节期间我负责接待南京师范大学音乐学院的合唱团。百度了一下，南师大音乐学院的前身是可以追溯到南京中央大学的。我向来对那段历史有兴趣，所以也对这个学院派的合唱团有了莫名的亲近之情。工作间歇与带队老师沟通，得知他毕业于俄罗斯联邦科学院格涅辛音乐学院指挥系。刚到大剧院音乐厅，就觉得空调特别冷，跟工作人员沟通得知，也无法调高温度。南师大带队的张老师便同我讲，他留意到音乐厅是有管风琴的，而事实上并不是所有的音乐厅都有管风琴。管风琴对于温度的要求是高的，所以他说，或许这里的温度设置，与音乐厅的一些设备有关。我是喜欢听这样一些我并不知道的领域的知识的。那些自己日常并不擅长的领域，是会有惊喜的，并且果然是知道得越多才晓得自己知道的太少。上礼拜五看了一场名为《年轻的野兽》的话剧。改编自德国剧作家弗兰克·韦德金德的作品《青春的觉醒》，1891 年出版。这部戏讲述的是关于成长和自杀的故事。或者也可以说讲述的是爱、自由以及生死的故事。事实上，这三者大约是所有文学艺术作品的主题，包括上周看的《海上夫人》。在《年轻的野兽》中，欲望在少男少女的身体中涌动，那些有经验的长者们拒绝为他们引导，任由这股冲动如一股洪水冲进囚禁野兽的笼子，年轻的野兽就这样被淹死在洪水中。这部剧本讽刺的是当时社会对性话题讳莫如深的风气，转眼投望到现代，同样不感到违和。那些青春的烦恼、少男少女体内涌动的欲望，一切关于年轻的炽热冲动，都被剔除了虚假和造作，回归到真实的表达自我。这本话剧延续了孟京辉的先锋派的风格，当先锋美学和韦德金德营造的"非典型悲剧气氛"相互杂糅之后，投射在黑猫剧团身上的，是戏剧野兽在舞台上疯狂咆哮着的残酷青春。大约深刻反映人性的作品，是不容易被时代淘汰的罢，因为事实上大多数时候我们彼此拥有的是同一个青春甚至中年。

工作之余看话剧和电影是热爱的事情。我以为这两者的大多数毕竟依旧是可以被称为艺术的。那些文学艺术作品里面的故事在现实中根本不可能，是一个典型的戏剧化的设计，甚至受众刻意根本不相信这个故事，但却不妨碍他们喜欢。

自从小区楼下开了电影院之后，我又开始爱上午夜场。事实上看午夜场是节约时间的观影模式。基本上是利用睡前的两个小时去看一场电影然后回来心满意足地睡觉，丝毫不影响既定的生活。最近在午夜看了电影《看不见的客人》，这部悬疑电影低开高走的剧情实在是太过瘾了。而这样一个悬念丛生的精彩故事，并没有什么奇巧淫技，而是充分利用了人性的莫测来进行布局。几方，或企图掩饰真相，或为了打赢官司，狡黠谎言，以及对谎言的不断撕破和补救，让案件经历了一次次推倒，再重建，这期间没有人在乎案件的受害者，是人性的自私与冷酷，让一桩本不离奇的案件，变得扑朔迷离。出轨，就是整个案件的原罪，也是男主角多利亚在片中的第一个谎言，即对妻子的欺骗。破除谎言的最佳方法，就是说出真相，但那样就要承担坦白带来的痛苦，显然多利亚不想要这个痛苦，而是选择了隐瞒。隐瞒一个谎言，就需要说更多的谎言，最后像滚雪球一般越来越大，直至崩盘，形成不可挽回的后果。多利亚就是如此，带着侥幸的心理，一步步走进深渊，最终陷入万劫不复。如同片中说的那样，没有痛苦，就没有拯救。事实上在悬疑案的表象之下，实质是一次对人性的批判。很多时候，真相并不复杂，而是人性莫测。

近日里发生太多的事情，让自己觉得有些疲惫。

自己的生活状况发生了一些变化，大约更多地需要独立地来承担一些事情、心情以及一些别离。此刻夜深人静，是适合思考的。思考人生太宏大，而生活方式可以自己调整。关于人到中年一些在场感和存在感的需要，有时候是潜意识的不自觉，但是意义究竟在哪里。那些刷存在感的互相吹捧型的交往、没有结果的暧昧恋情、毫无营养的饭局聚会……事实上是对人生的巨大消耗，任何走心的事情都是很累的。所以收收放放大约才能过好我们的人生。

聆听弘一，不逃避

这座城市忽然变冷了。原本诗意的绵绵小雨变成了阴郁的冷雨。走去大剧院的路上我把大披肩裹在了头上，俨然一副冬天要来的样子。

话剧《聆听弘一》从"8·13"讲起，上海遭日军轰炸，"孤岛文化"却呈现畸形的蓬勃状态。舞台上，网络播客"坏蛋调频"为这段历史创作了一档专题节目。在舞台空间结构里，当下与民国时空交错，猜测与史实相伴，撞见一代高僧。舞台上演绎了一群活色生香又贪生怕死、情感炽热且胆大妄为的民国人。观众借他们的七嘴八舌聆听到了弘一，以及关于艺术、爱情、文化、自觉、出世、入世……

"长亭外，古道边，芳草碧连天……"1983 年上映的电影《城南旧事》中，由李叔同填词的《送别》一曲旋律和着老北京城南的画卷在屏幕上缓缓展开，成为了一代人最温暖的记忆。记得小时候我们家的墙上一直挂着一幅英子的扮演者沈洁的照片。

这首歌从上个世纪唱到这个世纪，唱了一百年，唱成了人们心中一个温暖的符号。

而我却似乎在这个晚上听懂了《送别》。

用剧中的台词，这出话剧像是一面镜子照出了我的不勇敢和这个时代的不勇敢。

就是今天，我在坚持和放弃中艰难地选择。放弃的念头似乎已经占了上风；就是今天，我在勤奋和懒惰中不断地徘徊。惰性似乎已经将我占据；就是今天，我在快乐和愤怒中即将把控不住自己，愤怒的情绪似乎随时可以爆发。

……

而事实上如此种种，大约是不知自己的局限，不愿突破自己的思维和局限。我一直以为一部好的文学艺术作品，譬如说好书，好电影甚至好的舞台剧最大的功劳在于慰藉。它会告诉你，你正在经历的，正在徘徊的，正在挣扎的，正在痛苦的……种种，不过是人生的必经。如同所有的青春都一样，所有的爱情都一样，事实上我们所有的人生也一样。

我们在少年时幻想过成人世界，幻想在那里能够解决所有的问题。不再因为得到或者失去而牵肠挂肚，不再有起伏不定的人生和心情，长大了我们或许能够操控人生。我们甚至相信中年会有成熟，正如我现在仿佛依旧相信老年会带来智慧。而当我终于一脚迈进了中年人的世界，却发现问题多得仿佛超过了经历过的所有时日。似乎痛苦稍稍得以缩减，但纠结却与日俱增。心情、灵魂就像迈入中年的身体和肠胃一样不堪而且扭曲。日复一日的兵荒马乱，挂在家中书房里"心如止水"那四个大字仿佛像一场笑话。忽然觉得的是，各种的狼狈不堪。

我们在社会、在单位、在家庭……不停地扮演着各种角色，但往往却发现，角色还在，但你没有了。所以我们不断地送别，送别，送别。就像这部话剧里的人们不停地说着"再会""再会""再会"……

当然我想这不是一部最完美的话剧。甚至我在很多时候需要有一面字幕来细细品味其中的台词。仿佛就像我们永远找不到一个完美的爱人，但起码在这个晚上，让我的心情回复温润和平静。

今天我聆听到的弘一，是一个不逃避自己人生的人。

而这，恰恰是此时此刻我最需要的慰藉。

别在眼睛里找眼泪

　　裹挟着食物香味的风，是夏夜的福利。可今天不同，总觉得这风中的味道是从红星剧院飘出的，是从舞台上的锅里飘出的。风中的味道萦绕着我，如同被黄湘丽饰演的陌生女人缠绕着思绪，久久不能化开。我相信人是嗅觉的动物，爱上的每一个人，起初就是因为她身上有让你欲罢不能的味道。

　　话剧《一个陌生女人的来信》，故事是旧的，话剧是新的。舞台是虚的，茨威格是虚的，孟京辉是虚的。而情感是真实的。这是一本有创造性的话剧，感性的，有味道的，有音乐感的，有时间意味的。黄湘丽一人演满 120 分钟。唱作俱佳，声音弹性极好，舞台上各种声音形象气质切换自如，如一朵全面绽放的花朵。她穿着维多利亚的秘密，蹬着高跟鞋，美得摄人心魄。她用肢体、台词和歌唱，点亮了陌生女人激烈、偏执、沉默和痛苦的单恋。在舞台上做梦的同时，又融化进了这舞台。

　　一个女人，从 13 岁到 30 岁，就做了一件事，暗恋 W 先生。

丽丽在舞台上弹着吉他唱着："还记得那一天，我俩第一次相遇，你看了我一眼，眼光温柔多情。你冲我微微笑，说声你好小姐。从那一刻，我就爱上你。我拿着书本，坐在楼道上面，心儿颤动，等待你的出现。姑娘，一个小姑娘，一个属于你的小姑娘，小姑娘……"之前与丽丽有一场对话，她说是通过音乐创作进入话剧创作的状态的。而我呢，大概也是被这首歌，应该是剧中的第一首歌唱得泪流满面。这不是一首完美的歌，如同谁也无法言说这部剧是否完美，但起码这是一个鲜活的情绪的表达，一个鲜活女人的情绪。

一个人的戏看起来很孤独，就如同这个女人的一生。她一生只有 W 先生，但这个人从来也没有认出她来。而其实，我想每个女人的心里，都有那么一个 W 先生。就是那个怎样也不爱你的男人。就如同一个女人也一定会有一个怎样也爱不起来的男人。女人在台上说："所有的人都对我好宠我爱我，只有你把我忘得干干净净。"这句话大约你我都说过，都对那个你爱他他却没那么爱你的人说过吧。大约你我的生命里，都有那么一个他只要勾勾手指，你就心甘情愿地会随他而去的人吧。大约你我都曾有过带着孤独的执念、放肆的妩媚和小心翼翼又不顾一切地爱着的经历吧。

我的心始终为你而紧张，为你而颤动。可是你对此毫无感觉，就像你口袋里装了一块怀表，你对它紧绷的发条没有感觉一样。这根发条在暗中耐心数着你的钟点，计算着你的时间，以它听不见的心跳陪着你东奔西走。而你在它那滴答不停的几百万秒中，只有一次向它匆匆瞥了一眼。

与戏剧进行对话的时候，若是有一种油然而生的生命力量，在时间的错位里，击中内心，对于欣赏者来说其实已经足够富有。

别在你的唇上找他的嘴。

别在门前等待陌生人。

别在眼睛里找眼泪。

我爱你，就如同你不爱我。

星期二的课

写下这个题目，忽然想起很久很久之前买过一本书《永不永不说再见》。张小娴在序言里写道："有时候，我们不是不愿意说再见，而是不敢。但愿我们都有说再见的智慧和勇气。"

话剧《最后14堂星期二的课》里莫利教授同米奇说，"该走就走吧"。米奇却说，"我不知道怎样讲再见"。于是莫利紧紧拥抱米奇。米奇有点不习惯地从他怀里退出。莫利说："这样做就是再见了。可是一个拥抱，是可以得到额外加分的。"

整场戏击落我眼泪的第一弹，就是这句话。

话剧《最后14堂星期二的课》脱胎于那本曾经风靡了大半个地球的励志类鸡汤语录书《相约星期二》，一位老教授在自己的生命即将走到尽头的时候用对话给他的学生上了一堂没有课本没有书单的课。这些课程关于生活、爱情、工作、宽恕、老去……还有，死亡。剧中，教授莫利身患"渐冻症"，随着病情加重，他会对身体慢慢失去支配能力，直到窒息而死。而他的学生米奇，在离开学校后，将原本紧紧握在手中的梦想舍弃，纵身跃入蝇营狗苟又繁华旖旎的俗世中，获得的荣华和负累一样多，他几乎把莫利彻底遗忘，直到在深夜的电视节目中得知他患病的消息。他原本只想做一次礼节性的拜访探望，没想到却在莫利的小小书房里，获得安宁和救赎，最终陪他走完生命最后一程。

这是一场台上台下都心知肚明的戏。何况他的主题又是那样沉重，而缺乏话剧最重要的元素戏剧冲突。而且还是两个男人的戏。要如何演？在台上，我看到全能的卜学亮用自己的"不成熟"帮衬老戏骨金士杰完成了一场向死而生的演出。台上他们手舞足蹈，台下泪流满面。

这个年纪的我们，是何等莽撞嚣张，似乎匹配了整个时代的气质。而当我忽然看到莫利教授连自己最爱的生菜鸡蛋沙拉都无法送到嘴边，那前胸到嘴角如同咫尺天涯般遥远的时候，我又一次落泪。可是我知道，这份眼泪不是同情，不是感动，不是怜悯，而是害怕。是害怕遇上未来某一天那个无助又无用的自己，于是恐惧排在怜悯前面，席卷着冲过来。于是这部剧的伟大之处就这样不经意地到来了，是的不经意。

这个台上台下都有点尴尬的时刻被导演以及演员有节制地控制住了。内心的孱弱，在金士杰自嘲的台词中与卜学亮似乎漫不经心的擦地中，无声得到解救。一种假装视而不见的善解人意，是有宽慰的魔力的，让人动容，继而安心。整场剧的节奏都遵循着这样的情绪流转，从无力到通透，再转回更深沉的无力，再去向更豁亮的通透。而我的眼泪一次次哗啦啦地打翻在黑暗里，哭得上气不接下气，继而再笑着晒干。

我们要如何说再见。

难道我们要在所有所有的一切都准备好了再说么？

有那么一天么？

没有的。

于是我们只能像莫利教授那样，在每一次分别的时候，来一次大大的拥抱，因为这样做就是再见了。一个拥抱，是可以得到额外加分的。

那天散场。走出剧院大门，皓月当空。月色下我同自己静静地待了一会儿，回味剧中那些让我感动的片段。有那么一小段时光，就如坠入宇宙最深的深处。暗到极处，便是光。在光里，看到了我那来不及同她说再见的妈妈。

要如何说再见？

向死而生。

月之暗面

一样的中文翻译，我误打误撞看了两部电影。

2007 年的美国电影 *Perfect Stranger*。那时的哈利·贝瑞真是年轻貌美。

2016 年的意大利电影 *Perfetti sconosciuti*，当然其实我想看这部的。今天聊的也是这部。

月食将要发生的夜晚，三对中年夫妻加上一个离婚的中年男人 7 个人聚会。和所有中年人一样，不咸不淡地聊天。然后女主人艾娃提出玩一个游戏，公开在座的每一个人这个晚上收到的所有信息和电话。她说，"反正我们也没有什么秘密"。

月食在一点点发生，光亮在一点点消失，月之暗面在一点点浮现。是的，每个人的秘密陆陆续续地被曝光。你我都一样的吧，当秘密被揭开，每个人都难堪无比，因为伤口总不是好看的。但又如何呢，因为大家都一样，所以，也就，还好。

围观别人的隐私总是有快感的，看电影的我们内心也应该是如此。你看啊，新婚的比安卡发现自己的丈夫科西莫搞大了别人的肚子；有一双儿女的来勒和卡洛塔每晚都背着对方与陌生人调情；佩普是同性恋；提出玩这个游戏的艾娃的情人是丈夫的好友科西莫也就是比安卡的丈夫……当然，还有其他的隐私啊，比如子女教育问题，艾娃发现自己的丈夫给了 17 岁女儿一盒避孕套，莱勒发现卡洛塔联系养老院似乎要将同住的婆婆送去，比安卡成为了前任的知心姐姐……

很乱是吗？是的。但其实也还好。人到中年的生活就是如此不堪啊，父母，子女，情感，工作，人际关系……乱七八糟，一地鸡毛。事实上，生活仿佛就是如此。

那瓶带去聚餐的酒，叫做"生物动力"。似乎也像是全剧的一个隐喻。在亲密关系中，从动力学的视角来看，好的更好，坏的更坏，互相纠缠至深，这就是我们常常说的人有两面性，或者多面性。比如影片中艾娃和科罗这一对。科罗与 17 岁的女儿打电话的一段，堪称整部影片的温情顶峰。而在如此完美的科罗身边，艾娃是会有无处释放的压力的。所以事实上，科罗对于艾娃的出轨是心知肚明的，但他的做法是自己去看心理医生，当然讽刺的是他的妻子艾娃本身就是个心理医生。所以说艾娃内心也会有无法排遣的种种，当然，这同艾娃本身出轨还是两回事。

回到这本电影，结局是神来之笔。

聚餐结束，离开科罗和艾娃的家之后，科西追上了比安卡，在已经恢复光亮的月亮下亲密腻歪；卡洛塔披着外衣站在车边等着莱勒一起回家；佩普依旧用"她"称呼着自己的伴侣。在车上，科西删除了艾娃说"我今晚好想要你"的短信，卡洛塔回家穿上了内裤，莱勒在卫生间收了女网友的自拍照……在科罗和艾娃的卧室，科罗意味深长地夸了一句艾娃那对科莫西送的耳环。

一切都真实地发生了。一切又都像没有发生一样。

我之前看的 2007 年的美国电影 *Perfect Stranger*，讲的是一个杀人案的故事，事实上，这部意大利电影 *Perfetti sconosciuti* 才是杀人不见血。

通常我们在与人交谈的时候，首先是提问，问完后要不要揭开真相是提问之后另一个维度的一个更现实的问题。揭开真相后是假装，还是否认？仿佛又是一个问题。

伟大的莎士比亚啊，To be or not to be，That's a question.

应该是巧合，我错看的那部 2007 年的美国电影 *Perfect Stranger* 里同样有一句台词，"每个人都有秘密"。

忽然想起一首歌 *The Dark Side of The Moon*。太阳底下无新事，但太阳却被月亮遮蔽了。

温柔的粉

——读徐澜《我们复婚吧》感

徐澜姐是我杭州二中的师姐。读书的时候她是榜样，以及传说中的"别人家的孩子"。这位让二中的老师和学生都啧啧称赞的才女师姐，我却是在人到中年后第一次见到。

后来我们间或在微信上互动，不算频繁，基本上都是点到即止。再后来，徐澜姐说要寄一本她的新书《我们复婚吧》给我。书到手，拆开，是温柔的粉。封面上是两枚交叠的戒指。我的第一反应，竟然是轻微皱了皱眉，旋即又是放肆地笑。这几年我开始无法遏制地喜欢起年轻时候从未入过眼的粉红色，后来才知道这便是典型的"中年少女"的症状。这粉色的封面，便如同一把温柔的利器，有着来历不明的力量，一下下抓挠着我，爽利，以至于轻微的疼痛。这种猝不及防的点穴般的真实感，让每一个打开这本书的人，不由自主地对号入座。

而一开始，我却不愿意打开这本书。

中国社科院公布过这样一组数据，2017 年上半年，全国有 558 万对新婚夫妇，同时有 185 万对离婚，与前一年相比，离婚率同比增长 10.3%，而结婚率同比下降 7.5%，越来越多的女性选择不婚，也越来越多的女性结了又离。前几天也刚流行过一句话——"离婚的最根本原因是因为结婚"。离婚也好，复婚也罢，都不过是人生的一种状态，没有哪一种状态要优于另外一种。当婚姻不开心，承载不了自己的期望时，很多人就会选择离开。在婚姻围城里的中年女性，偶尔能过上"伪单身"的日子，便是乐颠颠地在心里叫嚣过"老娘如果离婚了肯定过得活色生香"。所以乍一看到这题目便认为是与现实高度冲突的小说。在心里翻了个白眼说，"傻瓜才复婚"。却还是在收拾国庆长假旅行行李的时候，鬼使神差地放进了这本书。而接下来的日子，便是对这本书的欲罢不能。

这是"时间与爱"三部曲的第二部。刘乐乐、杨建兵、顾涛、吕洁、徐宝根……他们从上世纪九十年代大学校园走来，通过十多年的职场拼搏、出国奋斗，凸显了置于亲情中的人伦关系与情爱过程，故事里有时间推进的光影，有年代转换的喧哗场景，也有故事中人物随风变幻的心绪。不同的性格、婚姻、人生轨迹，故事勾勒出大时代背景下小人物 20 年变迁的命运，从家庭视角出发，记录时间的回声、人性的煎熬，凸显人伦关系与情爱过程。而这其中唯一不变的，是变化。

我与书中的主人公有着相仿的年纪，都是上世纪九十年代进入大学的一代。对于这 20 年时代的变迁以及内心的成长，却有着"不识庐山真面目，只缘身在此山中"的迷茫。而这本书，恰好让我们这一代人可以跳脱出来，尽量清晰地看到自己和这个时代。从这个角度来讲，这本书是一面镜子。透过吕洁，透过刘乐乐，看到的是我们自己，从一个女孩到一个成熟女性将近 20 年的成长，看到生活如何曲折心酸，看到生活如何不易，对情感的认知怎么一天比一天深刻。这大约是一种共情。而书中的共情渗透在字里行间角角落落。小到一道菜的名称、一个宾馆的老式叫法，比方说延龄饭店；大到某一个时代发生的真实事件，比方说中国资本市场那一场最惨烈的股灾，比方说至今让人不愿意相信的马航空难。徐澜姐把虚构作品写得如同真实发生的故事，让阅读者在虚虚实实的空间里进进退退。而究竟是进退自如，还是以进为退或者以退为进，那么便是每个阅读者的自我观照了。

作为女性读者，一直以来的阅读偏好是爱情小说，自我写作在很长一段时间内也跳脱不出小女人的情怀。随着年龄增长，这些年开始不喜欢自己的小女人情怀，而调整起来却也很难。这本书，却脱离了小女人的小趣味，写出了大时代的酸甜况味。"我们复婚吧"，粗听似乎是一个带有强烈理想主义色彩的呼喊，而细细咂摸，却是实在到不能再实在的一句话，是对现实生活的妥协。于是想起来徐澜姐给我寄书的一个小细节。

收到书，并没有如大多数人一般带有签名。于是我便微信她，说"师姐，下次见你要讨个签名"。她回得很快："我有负担的，是看完送人，或者一扔。"事实上《我们复婚吧》整个的基调，就如同这个寄书的小细节。"经历得越多，越能认识到作为个体的渺小，从而尊重规则，敬畏他人。"这是徐澜姐给我的一条微信，她把这种状态称之为"怂"，同时她讲，"怂"对于她是褒义词。"怂"是仿佛对于这本书徐澜姐自己说得比较多的一个词。把"怂"字拆分，看到的是"从心"。我在想，遵从的，便是时间过滤后留下的一颗与世无争又无所畏惧的心罢。

在讲述层面，刘乐乐和杨建兵的故事乍一看似乎有点虎头蛇尾，但我却并不反感，反而觉得真实。台湾作家萧丽红的《千江有水千江月》是我极为钟爱的小说之一。里面男女主人公大信与贞观的情感断裂仿佛是突然发生的，我年轻的时候如何都看不懂。而人到中年后却明白生活就是这样地猝不及防。爱与不爱，结婚与离婚，乃至于生存与死亡都只是人生的一种状态，没有哪一种状态优于另外一种，也没有固定的模式与脚本。

一直以来我对写长篇的作家都极为佩服，尤其徐澜姐这样非专业作家的媒体人、出版人。一部长篇，基本上是体力活儿。在她的书里有这样一段话："写作本身就是一种反抗，它不能改变世界，但也许可以改变读它的人。我希望给别人留一条后路……"我用了比较长的时间看这段话。我并没有在写作时间与写作坚持这件事情上同徐澜姐聊得更多。而我想，徐澜姐一定是下了决心的，她应该是一直在反思着自己这些年做了什么。

"梦想似乎就在前方，我们奋力向前划，如同逆水行舟，不停地被浪潮推回到往昔岁月。"这是菲茨杰拉德的《了不起的盖茨比》结尾的一段话，徐澜姐把它用在了小说的尾声。将小说的开放式结尾烘托得刚刚好，也将人到中年的况味发酵蒸腾。

　　夜已深，今日寒露。在充满诚意的文字中抱团取暖，是寒夜之幸。能为一直敬仰钦佩的师姐的小说写下一些不成熟的文字，惶恐之余，更是深感幸运。

存在或者失去

想梳梳头。猫咪花小小趴在我放梳子的透明柜子上面。我轻摸花小小，跟她商量着能否让我开一下这柜子拿梳子。她犹豫了一会儿，稍稍挪了挪地方。取出梳子，她却一直盯着看。我瞧瞧手中的梳子，又瞧瞧她。这梳子是意大利进口，花了我好几百块钱，但梳起来确实很舒服。于是我便试着用拿梳子的右手给花小小梳起了毛。没想到这猫咪还真识货，用前爪搭在了我左手上，伸出舌头一下一下开始温柔湿润地舔我。舔我的频率，和我右手给她梳毛的频率很是匹配。我甚至闭上了眼，甚至以为我就是另一只猫咪，我们在用独特的方式表达着彼此的好感。

此刻秋虫唧唧。每次听到这样的声响，就会想起特别久以前的一部电视剧，《月朦胧鸟朦胧》。事实上这部电视剧到底讲啥我也不知道，大约是那时候我的确有点小，是小学。不过我又似乎是知道的，大抵是那个年代的言情剧。印象最深的是这部电视剧的主题歌。其实正版的是谁唱的我也记不清了。原因是小时候父母，准确地说是母亲看电视不多，并且看电视的品位也不在言情上，那个年代，甚至当下这个时代一个家庭看电视内容的主导人群大多是女主人的。但是一直挥之不去的，是小学时候一个丰满的年轻的女的代课老师在某一次夏令营的晚上，轻轻唱起的这首歌。我完全不记得老师的姓名，甚至连长相也模糊不清。可就是记得她略丰满的身材以及白色的上衣还有她在这样的夏末秋初的夜晚，应该是莫干山吧，夜风清凉，满天星斗以及秋虫唧唧，她唱的那一首《月朦胧鸟朦胧》。现在想来，这位女老师真的存在过么。

某一日读诗，诗名是《科吉托先生的深渊》。遇到这诗，像无意中遇到了一个人，爱上后方觉沉重。这首诗，我回忆起了一个叫做笛卡尔的人。你知道的，作为文科生，笛卡尔坐标是一件多么可怕的事情。接下来，我又回忆起了一个叫帕斯卡尔的人。同样的，中学物理讲大气压强的帕斯卡定理也是折磨了我整整一个青少年时代的东西，以至于想起学生时光那些跟早恋相关的事情总绕不开这些噩梦。但其实，长大后才知道我们错了。比如笛卡尔其实还是哲学家。比如帕斯卡不仅也是哲学家，还是散文家。我甚至看过他的那本《人是会思考的芦苇》。当然，陀思妥耶夫斯基我是熟知的，外国文学史的课本里说，陀思妥耶夫斯基代表了俄罗斯文学的深度。那么说回这首诗。科吉托先生是谁？拉丁语的写法是 Cogito。出自笛卡尔的名言"Cogito, ergo sum"。也就是"我思，故我在"。兹比格涅夫·赫伯特虚构了这位科吉托先生，围绕他写了不少的诗，比如科吉托先生的灵魂、科吉托先生的怪物、科吉托先生考虑回故乡……1974 年，他还专门出版了一本诗集《科吉托先生》。很有趣的。

而事实上，帕斯卡尔的深渊究竟是什么，是否与他那本《人是会思考的芦苇》有关，我不晓得。我甚至也不明了陀思妥耶夫斯基的深渊又是什么。我只是浅薄地知晓陀思妥耶夫斯基写过关于信仰与世俗功利之间的争斗或者说拉锯，是关于个人灵魂在善恶两个深渊之间的摇摆。这两个深渊被昆德拉戏称为"阴暗的深刻性"。伟大的尼采此时似乎就该登场了，你听，他说，When you look long into an abyss, the abyss looks into you. ——当你凝视深渊的时候，深渊也在看着你。科吉托先生的名字叫做思考。那么为他量身定制的深渊到底是什么？科吉托先生啊科吉托先生，请问你究竟在科吉托什么呢？可是我觉得我上当了啊，明明是一首诗，我却想太多。大约我才是落入了科吉托先生的深渊。

一个月前的北京，正是杭州此刻的天气。微凉，落雨。房间门开，是大先生的头像。大约我们所有做的和经历的一切一切，在大先生眼里，是见怪不怪的。那几日说过的话，做过的事，笑过的，哭过的……在大先生那里，怕是顶多换来他一句，"这女人大抵是疯了罢"。所以事实上经常也不知道得到的那一切的真假。比如花小小是否真的情真意切地舔过我。比如那位丰满的女老师是否真的唱过《月朦胧鸟朦胧》。比如所谓的用功和努力是否真的有意义。比如落在天窗上的雨是否是真实的快乐。比如科吉托先生是否有深渊。反倒是那些失去的，是真真实实存在的。

复杂多元的世界

——评笛都的诗

初遇笛都的诗。无数次问自己，是否要去联系作者。思考再三决定还是先不打扰。不打扰，可以说是不打扰作者，亦可以说是不打扰自己。诚然，读文学作品比如说诗歌，若是对作者有一定的了解，是一种更有效的抵达作品深处与内部的通道。而从另一个角度来讲，大多数情况之下比如读诗，我们读的是诗本身以及诗带给读者的共鸣。诗歌的世界，语言繁复，意象缤纷。它如一个古老的传说一直吸引着无数诗人与读者前来猎奇、探寻。笛都的诗柔情与深刻共存，是语言的家园，更是意象的天空。温文尔雅，又透着一种深沉。

读笛都的诗，感觉她是一位起点高、阅读量大、出手不俗的年轻诗人。写作疆域很广，生命感悟也很丰富，有着鲜明的女性诗歌的特色，朝更加宽阔的客观世界敞开主体心灵，并将主体之思上升到了哲学之思。例如《美好时刻》：

"美好时刻

光在闪动

新点的烛焰在闪动

圣诞夜飘落的旋律在闪动

下雪了，雪在眼中闪动

这样的夜晚

在哪里

安放这稀有的美好

想象中的礼物

过于沉重。如同

关于人生

一个又一个

过于诚实的隐喻

有人问路

总有人问路

我也想问路

路的终点是什么

分岔的路口张开各自的臂膀

一棵树

又一棵树

风吹过

它们会向同一个方向摇动

我说过许多的故事

那些虚度的时光

总比今天幸福"

诗中有对圣诞夜的欢呼以及"那些虚度的时光/总比今天幸福"的触景伤怀。诗人描写的也许是男女间的爱情，但明显不同于一般浪漫的温柔。诗中有爱的惶惑，情与理错位、交叉的不安与矛盾。恰如其分地勾勒出女性的心灵挣扎，也隐约象征着现代人面临纷繁复杂世界时，进退皆难的困惑心境。而关于"问路""岔路口"等词句，似乎是在致敬罗伯特·弗罗斯特的《未选择的路》：

"一片树林里分出两条路——

而我选择了人迹更少的一条，

从此决定了我一生的道路。"

又如笛都的另一首诗《在富良野》：

"风大的海岸

不适宜一个人行走

追赶雪路

赶在黄昏之前

赶在泥泞之前

赶在——

辨得清

与男子挽手的女孩单薄的披肩

墨绿的幽暗

之前——短暂的时辰

回家。一只猫

花纹。在农舍的颓墙

不叫　不觅食

我望它的瞳孔

望向同为生物

那柔软的皮毛下

鲜红的血也汩汩地流动

望向——

一种陌生的悲哀。

一只猫

是否也会留存

某个时刻

人类突如其来的了解

寒冷的共感？

某种　无由的憎恶？

一步

两步

三步

……

它的眼忽然收缩

摇摇尾。走开

仿佛我才是那个

北海道的弃儿"

对"与男子挽手的女孩单薄的披肩"的特别关注，属于女性常见的行为。尤其是诗中对猫咪的描写——事实上所有对于猫咪的描述可以看作是"我"，也就是诗人自己对自己的感觉。

纵观笛都的诗，可以看到大量地、无意识地对"他"的密集书写，这些都在不经意间泄露了诗人的心灵和性别的秘密。

笛都的诗歌取材极广。现实与想象、生活与历史、国内与国外、生命与爱……而在读诗的过程中，常常有一种在读故事的错觉，诗歌的画面感极强。而这种读故事的感觉又不同于一般意义上的"叙事诗"。一首叫做《第二次》的诗给我印象非常深刻：

"何小敏又死了一次。在梦里

清晨，我推开通往暴雨的门

哭了整晚。虽然

想起十年前何小敏已死了一次

她站着，砖墙线条细硬

灰白的水泥砂有柔软的质感

一棵不知名的树，落叶

羽毛一样轻盈。这缓缓坠落的姿态

仿佛，另一种复活

她背向童年，抹去一个悲观主义者的痕迹

以及，我这个永远的缺席者"

这首诗的句子偏长。长句凸显了一种气质，或者说叫做气势。整首诗阅读下来，就像在看一个底色苍凉的故事。诗意里，跳跃的情节下叙述着有着跳跃空间感的故事。在文字中我们读到了关于何小敏的故事，我们看着何小敏坠落，又复活。甚至我读到的和作者想表达的并不是同一个故事，但我以为这恰好的诗歌无限可能的魅力之所在，每个人都读到属于自己心目中的故事，对诗歌做出属于自己的理解。诗人的语言典雅、纯正，词与词之间、句与句之间的接转自然紧密。"砖墙线条细硬"与"水泥砂有柔软的质感"形成软硬的对比，可以瞥见诗歌中内心充满着爆发力量的女性形象。

另一首《皮影花神》则像一则神话故事：

"青的枝叶枝叶密密枝叶与枝叶切割透亮的光

仕女桃红的长衫飘飘，她眉目轻盈

太湖石有千年的重量——

千年的重量不过

朱唇一点

河畔的灯什么时候亮起，要有光

看见深蓝的夜幕下，那么多的暖

老艺人嘶哑的唱腔，她忽然老了

竹签翻飞，手脚有了骨节

芙蓉花开。晚清的斜阳

吹过海潮腥咸的风

湖山畔。蕉叶前

那一日，环佩叮当叩响铜绿的门环

鼓板铙钹虚拟山河的模样

所有的光

雨一样

细细

落

下"

从诗人对于诗歌的注解看，国家级非物质文化遗产海宁皮影戏中有十二花神人物，以阳月、阴月男女分列，诗中花神为女花神之一。作为海宁的诗人，可以想见这是对家乡文化的一种书写，这种书写非常美。整首诗读下来，像一则古代言情故事。而我个人最偏爱的是这首诗的节奏，从诗歌开头的长句子"青的枝叶枝叶密密枝叶与枝叶切割透亮的光"，到最后两句的"落下"，略偏古典，又见现代，分寸感把握得很好。第二节里河畔的灯以及深蓝的夜幕配上芙蓉花开，有颜色；艺人的唱腔以及手脚的骨节，有声音；海潮腥咸的风，有气味。寥寥数字，呈现的却是活色生香。最后一节令我想起了翟永明的那一首《在古代》。这一节里有声音，有颜色。不晓得那声响是佩环抑或是门环，就好似不晓得是雨在发光还是光在细密地落下。

诗歌中隐含的故事感充斥着笛都的诗，例如《一个缺口打开又合上》是火车与站台的故事；《山居》是二十里外山寺小沙弥和访客的故事；《一个夜晚，偶遇》，那么就是一个偶遇的故事。

笛都诗的场景大多数都发生在日常生活。在诗人的笔下，诗意在庸常里栖居，甚至充满了生命的痛感与关照。例如《想象中的城市》追思历史、《皮影花神》在追逐着消失的文化遗产、《一个夜晚，偶遇》是暂宿民宿的片刻出世、《唐招提寺》是对宗教的神往、《美好时刻》是美好日子里的怀念、《未曾抵达之前》充斥着对旧友的思念、《在富良野》则有对爱情的幻想和追寻……

印象深刻的是一首小诗《午间》：

"十分钟的散步。一周里最好的一天

梧桐叶新绿，大片阳光

洒洒落落，我的呼吸也有了

明亮的节奏"

这就是我们的日常生活。而事实上就像早先人类物质生活，人们拥有的时间概念全是日月星辰春夏秋冬的自然元素表象。人们最纯朴的情感也是来自原生态的自然环境和对象。比如一看见满天的星星，人们自然心头愉悦；一看见蓝天白云，便也胸襟开

朗。出于对午间散步的写实记录，在这首诗里笛都的语言一点也
不刻意复杂，也并没有另类的定义与抽象的象征。与这首诗比较
相似的还有一首《一个下午，读诗》：

"一张胡桃木的桌子宽阔

最适合鹅毛笔

蘸鲜红的墨水

一张雪白的纸。粗糙

经过窗子，孩子黑色的眼睛转瞬即逝

他弄折了干枯的榉树枝

踏得落叶沙沙响

他手腕的银铃丁丁，当当

孩子跑过幽暗的小径

丁丁，当当

消失在湖水那一边

无名的野花在暗绿的山谷开得无声无息

太古老的时光总让人恹恹欲睡

有些人，有耐心分辨一种气味中

凝固的无数短暂时刻

肯定曾有那样的老人

陶醉于烟锅敲打门槛的声音

陶醉于

一堆一堆的灰烬

一只手掌

握住半生江湖

黄昏

总要来的

星星总要升起

雨终将落下

要走得轻轻的

不惊扰

许多小小的死亡

月亮会照着你的背影"

较之《午间》，《一个下午，读诗》则多了一些抽象的象征。

对于日常生活的关照的另一层，是我在笛都的诗里常常会读到她对于经典或者过往文学艺术作品的致敬。我以为过往经典的文艺作品可以算作是文学青年的日常，故把这一部分归到这一小节讲述。除了上文提到的《美好时刻》致敬了罗伯特·弗罗斯特的《未选择的路》之外，一首名叫《渡口》的诗也让我读到了熟悉的气息：

"是旧日的余温呢

湖畔微明的灯

静静地，送别远去的友人

风吹余光
粼粼如琴弦
轻颤，轻颤
惊醒白鸟的祈祷
我独等，这寂寥的昏暗

等，澄蓝的湖水荡漾
苇草枯黄
苇草无边
等，秋日慢慢走了
走了，芦花落满湖面
雪花，落满山间"

题目联想到席慕容的《渡口》。渡口这个意象对于离愁别绪的表达，诗人之间是相通的，淡淡离愁，哀而不伤。而笛都的《渡口》又着她特有的对于色彩的敏感：鸟的白色、湖水的澄蓝、苇草的枯黄……印象派画作般有着光影的画面，与送别友人淡淡的愁绪相得益彰，增添了诗的意境。而结尾处"雪花，落满山间"则让人想到张枣《镜中》的那一句"只要想起一生中后悔的事，梅花便落满了南山"。这些向经典致敬的只言片语弥漫在笛都的诗歌氛围里，而事实上我是喜爱的。除了看出诗人有着巨大的阅读量之外，这些似曾相识拉近了读诗人与诗歌之间的距离，忽然之间就不陌生了。

笛都似乎喜欢动物。猫、狗、鸟、蝴蝶、马、海鸥常常在她的文字里出现，这些意象柔软而又灵动。不确定她是否学过绘画，她的诗句不仅带着强烈的画面感更有着瑰丽的色泽，较之其充满张力的语言，她诗歌里的配色是温和而高级的，例如鸟的白色、湖水的澄蓝、苇草的枯黄……又比如黄色的灯以及深蓝的夜幕配上芙蓉花开，极具表现力，让文字多了一份温暖与美感。笛都的诗歌，以女性的视角关照着生活，用内在的张力描写复杂而多元的世界，充满女性的温情，温情而不绝望，忧伤而不悲哀。

在春天中寻找明亮

——评诗集《春天在赶路》

　　这个春天的第一抹绿色，是一本书带给我的。当我从这本叫做《春天在赶路》的诗集中抬起头来的时候，我发觉这个城市的春意，正盎然。

　　诗集的作者是一名资深的纪检干部，同他认得是因为工作。彼时我在单位做过一段时间的纪检工作。我的父亲也是从事纪检监察工作的，从小耳濡目染纪检人的工作状态，更是深知个中艰辛与不易。正因为如此，当我读完这一本《春天在赶路》的时候，是满满的感动，更是满满的被治愈。

　　拿到书的那天中午，一口气读完了代序《我的山乡记忆》，这是一篇自述了成长经历的优美而好看的散文。事实上，作者的诗我读过很多，也朗诵过很多，而他的散文却是第一次读，但不妨碍我被惊艳、被打动。我有一瞬间的愣怔，素来以严肃著称的纪检干部怎么会有这样温润的笔触。而后又自我解答了——因为作者会写诗。代序很长，像老朋友的娓娓道来，数次让我想到了罗大佑的歌。在字里行间，充满着作者对故乡风物的眷恋和童年生活的追忆，我甚至认为这一篇代序，隐约也在叙述着作者本人与诗歌之间的一种关系。童年是人生的底色，童年时期的知识积累和情感积淀是我们走向成人的基石，从这个意义上来讲，我觉得这篇代序可以作为整本诗集的导读。

诗集分作四个专辑，分别是"四季风情""浓情万缕""咏志抒怀"和"时代颂歌"。我注意到这本诗集中有日期标注的最早的一篇作品是 1992 年。在后记中作者也提到，事实上文学创作已经持续了 30 多年。于是我在这本诗集中看到的，是作者潜藏、隐匿了二三十年的记忆争先恐后地醒来、跃起、跳出，在纸上寻找自己的位置。童年、乡愁、亲情，这些亘古弥新的文学母题，在《春天在赶路》中一一复活，并被赋予鲜明的个性。

"漫天飞舞的雪花

从早到晚　醉酒了似的

不见有丝毫停歇的迹象

有点疯狂　有点张扬　有点得意……"

这是《你并不是诗情画意的化身》这首诗的开头，收录在"四季风情"这部分里，也是我个人在这一辑中比较偏爱的一首。事实上"四季风情"里写春天的诗最多，有 12 首，而写冬天的只有 4 首。这首借雪花的落下，从不同的视角对雪进行认识和解读的诗，有那么一瞬间让我想到了艾青的《雪落在中国的土地上》。在《你并不是诗情画意的化身》里，作者的抒情方式完全来自属于他个人的认知和审美，有着不回避的真诚、理性、适度陌生化的表达。我总以为读者是无法完全了解和参透诗人创作时的内心状态的，更多的只能通过自己的感知力去体会读到诗歌当下的感受，我甚至认为在整本诗集的 100 首诗里，这是一首最具有力量、力度和强烈内心冲突的诗。

而更多的时候，我们在这本诗集中体会到的是平静温和。而在这平静温和之下，又不乏一种对生活的深沉体悟。

"那是一丝丝的牵挂

从未间断

融注在母亲的白发里

从春秋到冬夏"

这是《母亲的白发》里的一段，古朴而典雅。诗歌情感是温和细腻的，语言是质朴清新的，没有过多雕饰，却让人感动不已。我注意到，作者创作时，他的目光和诗思更多的时候都是投注在生活的场景和见闻上，他把这些素材分解、打乱、重组，摒除习以为常的牵连，在崭新的形式里探求生活和生命背后的隐秘与意义。这一份对日常生活的关照，恰恰反映了诗人的诗歌特点——诗言志。这一特点，在"咏志抒怀"和"时代颂歌"两辑中体现得更为鲜明。比如助力抗击新冠疫情的诗《在春天等你》《那一缕胜利的曙光》等。

认识作者很多年，却从没有很正式地问过他写诗的缘由。我在想，首先一定是热爱。而同时我也认为文字对心灵暗处的探幽是任何其他都无法取代的，它可以进入更深处，清晰度也更高。于我个人来说，写作会让人进入黑暗，它是内心最艰难的部分，但同时它也会带人冲破黑暗，带来喜悦，是我明亮的部分，也是安慰。有些时候写作的目的，在于使人们的视力有所增加，发现或找到那些"明亮的事物"。不知道他在写作时是否与我有相同的感受？但我想，他在写下这些诗歌的时候，应该是快乐的，同时在某种意义上也是一种安放，更是一种寻找罢。

想到了诗人米沃什所言，诗最重要的特质是给人生经验一种肯定的评价。

我是陈桂花 *Wo Shi Chen Gui Hua*

妈　妈

　　我带着我爸的包，独自坐在胃镜室的家属等候区。

　　所有医院都是一样的，一样的青灰色地砖，一样的不锈钢座椅，一样的穿着白大褂的大夫，一样的焦虑的病人和家属。然而我发觉我无论如何是没有办法在这里坐下去的，我甚至没有办法在任何一张医院等候的椅子上坐很久。因为那该死的记忆。

　　那个冬天，我就是在医院的椅子上坐着等妈妈在影像室拍片。然后和她一起坐在同一排椅子上一边等着影像结果出来，一边叽叽呱呱地聊着那些不知道什么的话题。嗯，还有更久远的一次，我陪她去上海看眼睛。也是候诊区的椅子上，她用手机拍下了我的样子。

　　那天影像结果出来，妈妈的膝盖并没有什么大问题，她开开心心地说，那就好，放心啦。于是我们一起下楼。是冬天啊，出门时医院门口那个挡风的塑料门帘，那个被冬天凛冽的风吹得硬邦邦的塑料门帘"啪"地打在了妈妈的膝盖上。她疼得叫出了声。我过去握住了她的手。

这是我最后一次握住的，她有温度的手。

爸是全麻。

我抱着他的包在他床前，在一堆仪器前等他醒来。房间很小，仪器滴滴答答的声音特别清晰。我看着睡熟的爸。稀疏的头发已经花白了。脸依日红扑扑。想起每次说他红光满面气色好，他总要纠正，说是血压高。胡子似乎有几天没有刮了，拉拉碴碴地长了出来，有几根甚至已经白了。我伸手去摸了摸他的胡子，想起小时候，每次我生他的气，他总是把脸凑过来，用满脸的胡碴子蹭我，逗笑我。有时候他力气太大胡子扎疼我，我便会哇哇大哭，妈妈于是过来把爸数落一顿……那么短的胡碴子也白了。就像白白的一层薄霜一样。不知为何，相比那花白的头发，这胡子更让我觉得揪心和难受。

然而我是那么害怕那些滴滴答答响着的仪器。

那个冬天。那间抢救室。那间只有直系亲属可以进去的抢救室。

妈妈就这样躺在一大堆仪器中间。那样平静，那样安详。我从未见过她如此受人摆布，她不应该是这样的。她应该脾气有点火地坐起来，说："你们动作怎么这么慢的啦，我又没事情，检查好了我就好回去了，我有很多事情在忙的呀！"同时，她也会话锋一转对着年轻些的护士说："何老师是在教你们的，把时间分配给更有需要的病人去，我这里自己搞得定的。"

她应该是这样生龙活虎的啊。可是她却那样躺着，平平静静地躺着。头发纹丝不乱，眼镜被摘下来放在边上。周边的仪器滴滴答答没有任何意义地响着。

那天的主治医生是浙二的王建安院长，他看着我，摇摇头。我看着他，点点头。于是所有仪器，从点点滴滴的小合唱，瞬间变成了齐刷刷的长音：

"滴……"

这个世界再也没有五线谱，只剩长长的一条白线。

她后来被护士又带到了一间不知道用来做什么的房间。对面是大大的会议室。我们所有家属都被安排在那间大会议室。院长和护士长讲着那些医学上的术语。爸在一边几乎癫狂地号啕。闻讯赶来的亲戚和密友人人都是一脸慌乱与惊恐。每到要做决定的时候，所有人的目光都投向我。其实我也不晓得哪里来的镇定与冷静，在所有长辈面前做出了一个又一个的决定。爸依旧在哭泣。他说想不通。

我从人群中闪出，跟门口的护士说想去看看妈妈。她替我换上无菌服，戴上帽子口罩穿上鞋套。大概有三道门，我看到了她。她睡着了。我看了她很久。

她总是很晚睡，所以其实我很少见到她睡着的样子。她睫毛很长，鼻唇沟偏深。她睡得，很熟。

我出来，关上一道门。坐在门口的地上，很久。我长时间地看着那一扇门，想着，就是这一道门啊，从此阴阳两隔。

　　而我却还是想在这里坐一会儿，再坐一会儿，我想我是能够感受到她的气息的，即便她，睡得那么熟。

　　我竟然是没有流泪的。

　　爸还在全麻中。

只是今夜，我想写写母亲

好多年了吧，仿佛直到今天，我才有勇气写她。虽然我无时无刻不在想着她，无数次温暖地梦到她。源起，大约还是绕不开我最近出版的新书。虽然我晓得这是一本普通的小书，没什么好反复讲的。我也晓得做完的事情应该放下然后努力向着另一个目标前进。

书里的文字是专栏的合集。每一篇写的时候都是比较随性的，基本上是面对一首诗当下的心理感受，有意无意地带着些对于母亲的怀念。母亲是社会活动的积极分子，风风火火，热情能干。我读过书学校的老师们是否记得我还真不好说，说起我妈，那真是无人不晓的。还有我的那些同学，提起她来，也都觉得印象深刻。少年时代的我，性格内向不善言辞。所以几乎所有的熟人都会略带惋惜地说一句，跟妈妈倒是不大像的。

所以事实上我后来外出求学，并且在北京一待就是十好几年，现在想来也同当时她相对强势的性格有关。如今我人到中年，时常听得到从骨头深处传来的关于母亲那种遗传的声音在嘎吱吱地作响。大约也只有现在的这个年纪，才晓得有些东西，是没有办法去人为地避开或者逃脱的。而也只有在现在这个年纪，才会在这样一个微凉的暮春之夜，向自己敞开心扉，去怀念她。好的，或者有那么些缺点的她。真实的她，完整的她。

她走得过于突然。是她风风火火的性格，却也是让我们猝不及防。料理后事那段时间，因为疲惫，倒未曾失眠，却常常在午夜被父亲的哭泣惊醒。是寒冬的夜，很多个晚上我只是透过被子的一角看深夜恸哭的父亲的身影，却不敢也不忍起身去打断他的悲伤。事实上有时候我是羡慕父亲的哭泣的，我甚至在她走后长达一年多的时间里，忘记了应该如何哭泣。眼里总是干涸，心里却悲伤得紧。我了解自己很长时间是一种病态，却也知道无药可医惟有自愈。

被子一角看着父亲时，偶尔会恍惚，就像少年时夜晚被母亲惊醒，发现她正从我书包里或者抽屉里借着昏暗的灯光看我写下的日记。那时我从不吱声，却也不晓得她是否知道我的惊醒。或许这就是母女间的灵犀与心照不宣。当然除了日记本还有被揉得烂巴巴的成绩不太理想的数学或者物理的考卷。想起来也是难为我的母亲大人了，尽量把展开考卷窸窸窣窣的声音降到最低，看完后还要依照原样再揉成一团儿。更不用说百爪挠心只想把我从被窝里拎出来骂一顿又狠不下心的百般滋味了。

一部分的书我寄给了母亲生前的好友们。说来大约是冥冥之中的缘分，回杭工作以来，常常会在不同的场合遇见她曾经的熟人与朋友。为数并不是太多的交谈里被问到最多的，是常年在外并没有很长的时间在母亲身旁如今想起来是否觉得愧疚。事实上这个问题我也时不常地会问自己。不晓得是不是因为我是十二星座里最理智的摩羯座的缘故，我并没有觉得很愧疚，更多的，是感激。

已经记不得有多少人略带遗憾地同我讲，家里条件那么好，你跑到外面去做什么，趁父母亲在位，给你谋个好职位，多好。母亲却从未同我讲过这些。所以我的家庭、我的父母亲给我最多的，是自由以及自由背后尽量少的后顾之忧。若是有遗憾，就是没能亲口问问她，她有多希望我能留在她身边，又或者根本不用问。或者其实她晓得我骨子里完全是她的翻版，所以她晓得我要自由，也晓得我会咬着牙努力笑到最后。

独自在外的那些年我经历过的大多数事情，并没有同她讲过。事实上那些细节也没有什么可以多说。如今回想起来，便是人生的财富。再说人生是没有假设的，若是我留在杭州从未远离，现在的我的模样也不晓得会是怎样。没有假设，没有如果，没有臆想，更没有幻想。有的，只是如今实实在在的当下。

对于文字的热爱当然是源自于她的培养。现在她的那些好朋友还会同我讲，记得你小时候你妈妈培养你写作的样子。"培养写作"倒是说得过于宏大了，就像当初请了省电台的播音员教我学普通话一样，全部都是因为我小时候过于木讷不善言辞甚至还口吃。小时候我根本说不清杭州话，一说就口吃，并且表达能力极差，半天比画说不清一件事情。于是她就想着，说不清，那就写吧。我相信那时候她只是如此朴素地想着。学普通话也是同理，她想着我既然说不清杭州话，那就请个能说标准普通话的老师教我把普通话说利索吧。所以时至今日，贯穿我日常的两大爱好，写作与朗诵，大约就源于此。

怕是现在认得我的大多数人，都无法想象小时候的我半天说不清一句话的样子吧。

家里是有摞起来像人一样高的无数本厚厚的笔记本的。全是从小学一年级开始我写的日记和作文。现在想起来她也是很忙的，却还有那么多的时间来改我的作文日记。记忆里，她改完后，是必须让我抄写一遍加深印象的。所以也许这个世界上并没有无缘无故的爱，我依旧记得我在誊抄那些被改过的作文的时候，心里是多么的怨恨。

回忆起小学与中学的 12 年，远比现在高产。大概从 1983 年发表第一篇习作开始，每学年少则一两篇，多则四五篇作文发表。而她，总是细心地收集我的每一篇发表的习作，整整齐齐地为我做好了档案与资料。

她自然也是爱写的，在报刊上也发表了不少的文章。只是她的风格永远同我是不一样的，就像她的外表，朴素大方，一身正气。看着我，她倒也从不恼，同那些问她你女儿到底像谁的朋友们说一句，她从小像她自己的。

像自己，或许是她这一辈子最想做却一直未做的事情。

也是她给我最大的人生财富。她这一代的人，大约失去最多的，也便是这了。

写至此，才发觉，写她，怎么也写不尽。

写至此，夜已深。并没有过多的悲伤。冥冥中似乎她就在灯光的另一端看书写字，陪伴我。

过 年

记忆里关于过年最深的印象，是小的时候，奶奶家。那里是老房子回迁，周围都是住了好几十年的老邻居。

年三十那天，通常是下午的三点钟左右吧，爸爸妈妈会早一点从单位下班。那时他俩都在省府大院上班，一人一辆自行车，一前一后从单位出来。那时候我通常是放了寒假，在家里早早地穿好新衣服，整理好带给亲戚朋友的礼物，貌似乖巧地等着大人回来。而心里，早就想着吃，想着玩，想着压岁钱了。

年夜饭都是奶奶和婶娘烧的。而我们一家三口每年都是最晚到奶奶家。冬天天黑得早。我坐在爸爸的 28 寸自行车的横梁上，一家三口穿过空旷的大马路。奶奶家的墙门里永远是热闹的。灯光从每一间蒙着雾气的窗户里透出，平添了一份温暖和柔软。大人们的说笑声，小伙伴们的喧闹声，推杯换盏的声音，此起彼伏。推开奶奶家的门，婶娘正端着一碗热气腾腾的蛋饺汤上桌。于是爸爸就会着急地放下手中的东西，去厨房跟奶奶打个招呼，然后就和他的兄弟姐妹们上桌寒暄。我呢，就会在妈妈的"命令"下，先乖乖地把手洗干净，然后挨个儿到奶奶、叔叔、姑妈面前汇报一年的学习成绩。长辈们照例是夸完我功课好，再夸一句"比小时候长得更好看了"。

接下来妈妈就会让我给大家表演节目。大家庭的第三代里，就我一个女孩子。我的哥哥弟弟们早就拿着红缨枪什么的"冲锋陷阵"去了。我先背古诗，再朗诵散文，然后唱歌，中文歌英文歌各唱一首，然后再跳一个舞。最后说谢谢大家。演出完，年夜饭也该开吃啦。其实我根本不记得都吃了些什么，就记得坐不住，总是从椅子上出溜下来，偷偷跑到奶奶身边跟她挨着坐。偷喝一口奶奶杯子里的绍兴老酒，跟奶奶撒娇让奶奶夹一口肉给我吃，然后偷偷瞟一眼妈妈，在她严厉的眼神下，低着头回到自己的座位上。然后趁她不注意，再开溜……

爸爸那时候只管着喝酒。他一直不善言辞，所有的感情都在酒里。姑姑们和婶娘聊着家长里短。

那时候的冬天还是会下雪，奶奶家楼下的院子里白皑皑的积满了雪。哥哥们负责放鞭炮，我负责围观和尖叫。偶尔想放一个，哥哥们不让，我就开始哭。我一哭，大人们就都奔出来说，又欺负妹妹了啊……哈，说起哭啊，我小时候可是在奶奶家院子里出了名的呢。奶奶的老邻居都说，我从小的一句名言是"我就要哭"。

现在还记得"窜天老鼠"那吱吱喳喳的声音，一下子蹿得好高。也记得灰白的雪，深蓝的天，明亮的星星下面，温暖的焰火，还有聚在一起的小伙伴们欢快的笑声……

放完鞭炮回到屋子里，大人们的年夜饭也吃得差不多了。通常是姑姑们在厨房洗碗，妈妈会去帮忙，不过姑姑们都不好意思让她动手。奶奶和婶娘就会把苹果啊，橘子啊，香泡啊，瓜子花生什么的端上桌子，开始一起聊聊家常。我们几个就在大哥哥的带领下，排着队在大人们面前扭来扭去引起注意——快发红包呀！

奶奶是退休的工人，爷爷早逝。她一个人拉扯着爸爸家四兄妹长大成人。那时候奶奶的压岁钱是她亲手包在红包里的，每年都是整整齐齐崭新的 10 张 5 元纸币。想起往事如斯，心里满满的是温暖。不晓得奶奶是什么时候去银行取出那点微薄的工资，换成崭新的纸币，亲手包起。

奶奶家的年三十，每年我们一家三口都是最早告辞的。爸爸妈妈推着自行车回家。昏黄的路灯照在薄薄的积雪上，两条自行车车辙，两双大脚印和一双小脚印。

出生证上的家庭住址

　　我曾经去找过我出生证上的家庭住址。离西湖很近，现在那个地方被打造成了网红酒店，老式的居民住宅，反而成为了民国范儿的背书与注解。进去看，院落很小，院子中间的那口井还在，却早已经干涸。

　　小时候的夏天，大人把买来的西瓜装在吊桶里，放入井中，想吃的时候吊桶绳子一收，天然冰镇的西瓜，清甜又可口。还记得妈妈讲过家里第一台电扇的来历。小时候的我特别怕热，大约是冬天出生的缘故。加上又很胖，夏天的夜晚总是热得直哭。加上天生嗓门儿大（亲姑妈是女高音歌唱家），常常扰得街坊四邻睡不好觉。总有邻居早上来投诉，说你家闺女昨晚又哭了一夜呀，我们都睡不好，上班都没精神了。于是爸爸妈妈狠狠心咬咬牙，买了家里的第一台电扇。我记忆中是绿色的，原本只有一个短短的小柄，拨过去是开，拨过来是关。我那巧手的爸，居然三下五除二，改造成了有三个档位的电扇。那时候是上世纪 70 年代末 80 年代初，有三个档位的电扇还是很高级的。

院子的大门是木制的，在我童年的记忆里，那扇门很大很大。那时候家里常常会来客人。是晚上，妈妈总是抱着我把客人送出门外。目送客人走远，妈妈回身，因为手要将我抱紧，会用脚轻触一下，将门关上。经常的在我听到门在我妈妈脚下"砰"的关上的时候，我就会问她，今天家里来客人，我的表现好吗？

后来我们搬走了，住了楼房。在那个房子里我度过了我的小学和初中时光。那是 5 层楼的房子。客厅的窗户朝西。很长的一段时间里周围都是平房，客厅的窗口可以一览无余地看到西湖。西湖的早晚，西湖的四季，西湖的晴雨以及西湖的喜怒哀乐。阳台看下去是解放路，那时候的国庆节都是有花车游行的。于是我们就把家里的其他亲戚也叫来，在家里的阳台上，看花车游行，现在想起来，是那样盛大，那样热闹，那样好看啊。

那面朝西的窗户，也是我热爱文字的开始。应该是夏天的傍晚吧，雷雨如期而至。少年的我就这样趴在西窗看雨落下。远处的平房在雨水的冲刷下显得异常干净。我于是回过头同妈妈讲，"妈妈，我发现给小房子洗澡的，不是大房子，而是雨"。是啊，那时候我那么小，小到洗澡都要妈妈来帮助才可以。妈妈的脸上露出一丝的惊喜，说你这句话真好，简直就算一句诗。妈妈帮你记下来。于是我便有了人生中的第一个笔记本。从那天起，我的喜怒哀乐、我的所思所想全部有了安放之处。

还记得 1988 年有过一场巨大的台风，西湖边的杨柳和桃树都被吹断了。那一晚整个杭州停水停电。那一晚我爸爸高血压住院妈妈要去陪床。等爸爸出院的时候我特别开心地同妈妈讲，"你知道么我特别勇敢，我看风很大很大，就把窗子都关了，风吹得窗子好重好重，我差点都关不上……"妈妈当时忽然脸色大变打断我："你是个傻孩子吗？去关窗做什么，躲到房间里把门关上啊，东西都吹跑了都没关系，你被吹走了可怎么办！"其实在妈妈开口的刹那到之后的很久，我都莫名地有一丝委屈。小小人儿的心里原本是想被母亲抱在怀里说你真勇敢的。直到我成了一个大人，看到十几岁的孩子是那样地小；直到很久之后我再去到那个 5 楼房子的楼下抬起头看着那扇窗子的时候，我忽然理解了妈妈当年的焦急。是啊，整个家都吹没了都不要紧，万一我这个小小的小人儿被吹跑了呢？

后来我们又搬家了。那时候听父母讲，有两个选择，可以搬去杭州的西面，也可以搬到东边。妈妈想了一会儿说，去东边吧，离外婆家比较近。彼时我读高中。高中的学习生活是紧张的，这个家对于我来说似乎就成了一个晚上回来睡觉的地方。吃完早饭出门去学校，一直要到晚上晚自习之后才到家。家安在这个房子里三年后我便考上了大学，离开了家。那时候母亲被外派。

写这篇文字的时候，父亲还在医院。

后来我想，那几年父亲的生活，其实是不易的。

女儿早出晚归三年后，放飞自我去了另一个城市读大学。爱人被外派。他一个人撑起这一个家。也许夜深人静他回到这个家，是冰冷的。而我每次从远方回到这个家的时候我依旧能感到这个家的暖，是父亲让这个家一直暖着。

后来又搬过一次家，那时我已经在北京工作了，是一名大学老师。妈妈在电话里同我讲过新家的模样，我也是有一搭没一搭地听着说你们喜欢就好。妈妈还说也给你留了一间屋子你回来的时候可以住。

家在那一条弄堂里面进去的三楼。每次放假回杭州的时候，出租车停在巷子口，我拉着箱子经过窄巷回家。北方的朋友也来过我家，每次他们都说，这巷子真干净。也记得有一次大约是出门吃饭吧，司机把车子停在巷口，妈妈从巷子里匆匆跑出来。现在想起来我为什么没有打开车门去搀她一把呢，其实她胖胖的身躯，跑起来也不是那样灵活。

7 年前的那个冬天，也许她也是这样匆匆地跑着走在路上，她被绊倒了。第二天，绊倒跌落的血栓堵住了她的呼吸。

爸爸说，他总能想起来妈妈站在巷口跟他招手的样子。

后来我从北京回到了杭州。

很多很多年前因为有身后的家，我才可以肆无忌惮地在外面的那个世界打拼。而如今我穿着盔甲回来，要让这个家更好。

其实在北京的十几年的日子里我也搬过很多很多次家。印象中，有一次搬家，我把喜欢的音乐和电影录音剪辑的磁带装在一个纸箱子里，我抱着那个又大又重的纸箱子下楼一下子没站稳连人带纸箱子都滚下了楼梯。卡带碎了一地，我揉着红肿的膝盖哇哇大哭。

在冬日的暖阳下，在家里的书房我写下这篇小文。记忆的闸门被打开，往事如决堤般涌入脑海。我不得不将它们克制在笔端。

所以你看，家是什么呢。家，就是与亲人之间的点点滴滴。家，是家人，人字的结构就是彼此支撑。

那么，让我们来读周公度的一首小诗吧——《无人的圆桌》：

晚饭过后，
餐具都收拾起来了，
桌面恢复了平整。

夜色暗透窗帘，
猫咪卧在桌角旁，
椅子也空了。

爸爸和妈妈，
在阳台上轻声说话——
分吃个苹果吧。

梨花风起正清明

昨日清明，陪老陈上坟去了。

我13岁那年奶奶去世，从那时候起我第一次知道身边的人终究会是要永远走掉的。还清楚地记得那是一个晚上，我被妈妈从热被窝里拽起来坐进一辆小车说，奶奶快不行了。爸爸从出差的现场赶回来，一起汇合到叔叔家里。那晚我亲眼知道了什么叫作有出气没进气。相比现在13岁的小孩我那时候肯定是幼稚而不成熟的，看着大人们焦灼的样子，我也没明白他们是希望这过程快一点还是慢一点。而事实上我想大人们自己也是不太清楚的罢。而这个世界上的大多数事情，都是这样矛盾着的。

记得我上下眼皮直打架，好几次睡着过去，却又愧疚着醒来。忽然被一阵撕心裂肺的哭声惊醒，迷迷糊糊的被大人们领着跟着哥哥们到奶奶床前去磕头，才知道奶奶走了。一瞬间我居然哭不出来。妈妈在旁边提醒我，你从小是奶奶带大的啊……听着这话我忽然间醒了，忽然间意识到那个一直宠着我护着我不让所有人欺负我的奶奶，从此回不来了的时候，我"哇"地哭出了声。是的啊，我小时候在奶奶那里是有一句名言的，狮虎桥的那个墙门洞里的每个人都晓得的——

"阿冬啊，不要哭了！"

"我就要哭！"

"唉，格只小宁……"

昨儿老陈在奶奶坟前又讲起了"我就要哭"的桥段，一时间，梨花风起，迷了眼睛。

13岁那年南山陵园里只有一个我见过面的亲人。另一位是妈妈的奶奶。

昨儿在妈妈奶奶的坟头扫着那些落叶枯枝的时候，我忽然叫了一声太奶奶，然后同她讲："两天前去看了公凯舅舅，也就是您的外孙的画展，在苏州。"说完这句话我自己也愣了一下。大概是第一次，我在一位从未谋面的亲人的坟前似乎了解了祭祖的意义，并且从骨子里意识到，彼此之间的那种血脉撕扯。

13岁之后的今天，陆续多了婶娘、外公、妈妈和外婆。

在北京的很多很多年，清明节我总是任性地不回家，天南海北到处踏青。妈妈总是会发来贴心的短信说，我们都替你在亲人的坟前祭拜了。现在回忆，我那条回复的"哦"是那么地轻描淡写，而那句"谢谢"又是那么地敷衍。事实上仿佛清明若在古代，除了祭扫便是游玩。划舟、荡秋千、踏青、放风筝……享尽春光。这种种天真丰盛，不复返的春梦一场。于是有所哀思的日子，充盈着一股莫名的赏玩嬉戏的气氛。也许春光太过完好，天地地无情胜过人间微渺的生死。

这一年的清明，大约是凌晨 2 点忽然被惊醒。却也没有什么特殊的事情发生。睁着眼到天亮的时候忽然开始理解爸爸每年的正冬至正清明风雨无阻地去祭奠亲人。甚至，妈妈离开至今的每个月 21 号他都会去看她。或许，是害怕在天堂的亲人们在天堂的村口等啊等，等个空，会着急吧。

最近一直在看外公的资料，做了密密麻麻的笔记，才意识到对于外公我了解得太少。有些后悔，但是并没有很多。人生不就是这样的么，近在眼前的时候不珍惜，失去了开始后悔是一种常态。但毕竟内心的感受是属于自己的，从现在开始追忆，也为时不晚。后来遇到外公的学生徐光星老师，每年他总是带着全家来看外公的。去年在一次中山医院的征文活动里我和徐老师都写了关于外公的回忆文章，并有幸登上了同一天同一版的报纸。于是这次见面便显得分外亲切了。

爸爸是很虔诚的，会做很多菜在墓碑前烧啊供啊……很长一段时间来我都觉得这是一件很奇怪并且经不起推敲的事情，并且从来是拒绝吃那些供过的食品。当然如今我依旧认为这件事情是经不起推敲，但却有了些许理解。毕竟两个世界的人是找不到更加合适的另一种方式沟通的吧。冷清了一年了，这会儿，应该热闹些。

他们是走了的。但不意味着他们走了我们的感情就此也走了。

思念依依

2012 年的冬天，外公已经病重，在医院住了很久很久。他说想见外婆。

为了这次见面，在医院的外公特意刮了胡子，还嘱咐说，请个理发师吧。那天上午做完治疗，理发师来到病房，给外公精心梳理，剪发、刮胡子。然后外公拿出眼镜，擦了擦亮，戴上，又整理好自己的衣服。

冬天的阳光薄薄的，从窗户里照进来。外婆坐在他床前。他们手拉着手，紧紧相握，四目相对。外公摸摸外婆的手说："看了我放心，气色很好。"外婆那时已患有严重的老年痴呆，她无言地为外公整理衣袖，掩上被角说："你气色不错。"

那年外公 93 岁，外婆 89 岁。

这是外公外婆此生的最后一次见面。外公是晓得的。

案头一直摆着厚厚的一本书，是外公亲自打印的，叫做《思念依依》，这本书的《砚边残墨》这四个字是王世襄先生的手书。遂想起在北京的某一年，去芳草地某小区为外公主编的《名医手稿》找王世襄老先生题写书名。

外公在《思念依依》的扉页写道："这部集子不是出版社出版的书，不对外的。是我家几十年的生活记事。印成集子的目的是使后辈知道，所谓书香人家是怎样几十年走过来的。"

我时常会看着"书香人家"四个字陷入良久的沉思。大约这就是他给自己以及我们这一家的定位，或者说，他还是期望我们后辈有那么一些些书香气的罢。细细翻阅，里面未涉及医学正题，也没有豪言壮语，看来似乎是散淡的生活经历和儿女情长。字里行间却透露着真实诚挚与和谐。据外公说，自1975年膀胱开刀后，就开始每日写"病历"。当然这是外公的自嘲了，基本上是每天记载自己的身体饮食以及简单的日记。到2009年的时候，已经有63本了。外公总说，只有真实的东西，才有价值。

上月中秋，忽忆起2011年中秋节外公给我的一封家书，是毛笔的手书。那时候我在北京工作，是一名大学老师。

外公在信里写："曼冬我们亲爱的外孙女儿，每逢佳节倍思亲。逢年过节老人都会想想在外工作的儿辈、孙辈。你妈妈告诉我，你的工作十分出色，为人处事周到融洽，屡次得到上级和同事的肯定和组织的表彰。外公听了心中何等的高兴，为我们家争光。你爸虽身体欠佳，但仍能支持工作。妈妈身体素质虽好，但年龄也逐年增加，也时时去医院诊治。外公也为他们开些药方吃些中药。外婆今年 88 岁了，记性衰退依旧。外公 92 岁了，身体还好。现带些虫草给你，你要保护脑力、体力，千万不要忘记休息。"

事实上，小的时候对家庭亲情只觉得是生活的常态，心中是没有珍惜二字的。直至今日人到中年，忽然变得怀旧起来。夜深人静看这封信，心中生出对流逝年华的留恋来，旧时，旧事的回忆，时时萦怀。

记得 20 年前写过一篇小文叫做《我慈祥的外公》发表在《家庭教育》杂志上。时至今日翻出来看，文中写的那些小事依旧历历在目。原本动手想写此文的时候，也是想写一些外公作为普通老人和长辈的一些小故事。可是真正要开始写的时候，却发现一件件的小事拆开来，是那么的平淡、平实。甚至让我觉得太家常了以至于不好意思落笔。可是换个角度想想，大约也是因为外公有着这样一颗平实的心，才能够时时刻刻地把自己放在与病人同等的地位上，时时刻刻地为病人着想，在年逾八十高龄的时候依旧俯下身去为担架上的病人望闻问切。记得外公永远在药房里开病人们吃得起的药，还针对不同的病人进行"个性化服务"。我是对所有西药的抗生素过敏的，所以从小吃中药。外公晓得我怕苦，那次我头晕病发作，他便笑眯眯地说，龙胆草给你少开些哦，这样就不苦了。

外公毕竟是受传统文化时间很长的人，对做人的老道德经历深，所以从小我们的家教都是严格的。在记忆当中，至少在外公面前是很少有"拆天拆地"玩耍的时刻的。更多的时候，我会流连在他那几扇高高的书架下，似懂非懂地看着那些泛黄的古书，悄悄地像小老鼠一般偷吃他摆放在书桌上的花生米。

外婆是美人。就记得外公每次见她生气都会嘿嘿一笑，转过身去悄悄同我们讲，她脾气是不好的，但是人漂亮。事实上外婆是听到了这句话的，扑哧一笑，气也就生好了。

从记事开始，外公一直是住在大学路的。时至今日，那条路似乎已经变换了模样，但闭上眼，我依旧能看得到老的浙江图书馆在灰尘扬起的阳光下外公翻阅书籍的样子；依旧能在长辈们的诉说中勾勒出求是书院的那个年代外公伏案写作《金匮》通俗读物；也依旧能记得每次经过大学路路边的那些面店，他都会像小孩子一样说一句，听说很好吃的，但是怕不干净，我肠胃不好，就算了罢。

写至此，不晓得如何收尾，就像提笔之时不晓得该如何落笔一样。只是时常回忆起的外公点滴往事，像是注入在心灵里的熨帖的良药，让我在人生道路上能够温和、坚韧而勇敢地前行。

第四卷

我是陈桂花

我是陈桂花 *Wo Shi Chen Gui Hua*

微小的快乐

今儿很冷。中午时分修电脑的小陈跑到我的办公室哆哆嗦嗦地说，你们单位就你的办公室没开空调你不冷啊。我看看他，很认真地说："在能忍受的范畴里适当地冷，有助于冷静地思考以及保持警觉。"小陈有一刹那的崩溃，实习生如月姑娘笑着说，老师你对自己要求太高了。

可是有时那些小瞬间或者小物，确实是生活的小疗愈，和小确幸。

花小小

5 月 20 号那天，两个月的猫咪花小小来到了我们家。从那天起，我的生活发生了微妙的变化。外出会有牵挂，回家隔着门听到她奶声奶气的喵喵叫，心都会化。她永远不会离你很近，却总是在你看得到她的地方静静守护你。她不把所有的爱都倾注给你，却在你需要的时候，给你最软萌的抚慰。我在她这里学到的，是不动声色的爱，以及适度的亲近。

香水和香薰

我从来不碰面膜的，不去美容院也有十几年了。除了唇膏之外基本上不用什么化妆品，但香水是必不可少的。最近这些年开始迷恋各种香薰蜡烛。夜幕笼罩，烛光摇曳，是热气腾腾的温存。果然是很治愈的。天渐渐冷下来，看书，写字或者画画的时候，房间里有一点光，一点热，生活被照亮。很长一段时间我迷恋木质调的香水，神秘而深邃，"和外面那些妖艳货色是不同的"。而木质调香水的颜色通常比较深，因此有一阵子我的香水颜色基本与跌打药水并无二致。但今年我却爱上了一款绿叶花调的香水，Jo Malone 的 White Jasmine&Mint。要如何形容这款的香味啊，大约最迷人之处就在于它是纯粹而接近真实的。我甚至买了同款香型的香薰蜡烛，好让我在家里家外被同样的气味所包裹，好让我抵御这个世界所有的冷、疲惫和无助。

故意迷路

日常生活中我是个常常会迷路的人，但偏是个热爱开车的人。要好的朋友在同我挥手 say goodbye 的时候总会加一句，别迷路。而我偏又是从北京自驾 1300 公里回到杭州的人。有时候我在想，大约我的迷路是一种内心想暂时逃离的外化。所以有时候我的迷路介于有意与无意之间。比方故意绕路去北山街看看这个季节清冷西湖里倔强的残荷。这与我们日常的奔波显得多么格格不入。

看电影和书

有无数的人同我讲，没时间看书，没时间看电影。可是时间就像乳沟啊，尤其像我们这种小胸的文艺女，更加需要使劲挤挤才有。单位附近穿过一条小河，有一家电影院，我常常会挑选中午的休息时间去看一部电影，两个小时的午休时光，恰好是一部电影的长度。家里的楼下也有一家影院，于是我也会选择在夜深人静的午夜，做完所有的工作，整理完所有的家务，踏着夜色去看午夜场。散场时分有时是凌晨，回到家正好睡觉。神不知鬼不觉地看完那些我想看的电影，却似乎没有占领太多的日常光阴。看书更是如此。最近，去电影院看《英雄本色》吧。纪念一下那些录像厅的岁月，并且请相信我，看到大银幕上哥哥的样子，你会寒毛直竖，热泪盈眶。

运动

那是必须的。我热爱跑步胜过一切的运动形式。有氧运动是非常解压的。运动当然能够保持体形，但终究太功利不是我喜欢的事情。我以为专注在一件简单、单纯又必须有非凡毅力坚持的事情上，突破自己的体力极限，汗水四溅，哪里还有力气矫情和不开心。尤其在健身房看看养眼的有八块腹肌的年轻教练，绝对是世间少有的愉悦。

抵御无趣

比如一个啤酒造型的耳坠，一个猫咪样子的胸针，一盒粉红色的火柴——甚至我常常在穿着宽大衣服的时候把手臂一缩，藏在身子里，晃着空荡荡的袖子说，我是杨过。我也爱光着脚到处乱走，偶尔偷吃花小小的小鱼干，在午夜同自己喝掉一瓶桃花酒。这些看起来奇奇怪怪的东西和奇奇怪怪的事情啊，是能够抵御日常的低迷和无趣的。对这个世界保持好奇，目光亮晶晶，眼波流转的样子，真的好美。

　　当然生活的大多数，是不如意的。但幸好，我有这些温暖。即便微小。

往事只能回味

　　人或许会对遥远的东西有更加深刻的感情，好比京杭大运河，好比老照片。

　　从小我就长在杭州，但是对大运河的关注，却在我去了北京之后。我的大学在中国传媒学院，当然我们读书的时候它还叫做北京广播学院。是的，我们还是乐于叫它"广院"。那时候，广院一共才 400 亩地，南门外是通惠河。其实就是京杭大运河北京昌平到通州的一段。所以每当我想家的时候，总是会去看看这条河，想象着运河南端的杭州。我也曾与朋友开起玩笑，说若是老底子，我大约是能划着船儿来上学的。

　　偶然的机会，我结识了收藏老照片并对老照片颇有研究的徐忠民老师。原谅我实在是老照片收藏的门外汉，同徐老师相识许久，大概是由于我不敏感，大概是由于徐老师谦逊，都不晓得徐老师在老照片领域的深厚造诣和"江湖地位"。却是记得有一回同徐老师吃饭，窗户是望得见拱宸桥的。徐老师侧身，用手机拍了桥，旋即就从手机里找出了另一张与方才他的拍摄角度几乎一模一样的老照片来。对照着两张照片，我忽然涌出一种感动。时空，这个词忽然让我有拆开它的冲动。时光是在变化的啊，而空间呢，变了吗？没变吗？但是这座桥，就这样地在这里。我甚至不想说那些类似于这座桥伫立在这里看尽世事沧桑变化这类的话。只是有那么一瞬间，我觉得，我的魂大概就丢在了这座桥上了吧，或者用现在的话来说，这座桥可以有另一个名字，叫"往事"。

所有旧时的影像必定是有人在回忆，甚至是一些人在集体回忆。

我是一个没有地理概念的人，所以我几乎是没有办法从老照片里辨别出与之对应的现今的地理方位。这是一件遗憾的事情，否则应该会在欣赏中更为有趣。翻阅徐老师发给我的老照片时，我被其中一张吸引住了。那是桥洞下，有四名女学生，或站，或蹲，或靠。桥洞圆拱形的两边是由一些石子连在一起的，石子在水面铺成了一条小路。有一位女生已经迫不及待地靠在了桥洞的另一侧。看得出那天的天气是晴好的，少女的表情是安静而喜悦的。应该是春天吧，因为大约只有春天，才可以从照片中读到那种特有的温润。只是我好奇啊，是谁呢，拍下了这张美好的照片？

想起了施蛰存先生的诗——《桥洞》，诗里说："小小的乌篷船，/穿过了秋晨的薄雾，/要驶进古风的桥洞了。/桥洞是神秘的东西呀／经过了它，谁知道呢，／我们将看见些什么？／风波险恶的大江吗？／纯朴肃穆的小镇市吗？／还是美丽而荒芜的平原？／我们看见殷红的乌桕子了，／我们看见白雪的芦花了，／我们看见绿玉的翠鸟了，／感谢天，我们的旅程，／是在同样平静的水道中。／但是，当我们还在微笑的时候，／穿过了秋晨的薄雾，／幻异地在庞大起来的，／一个新的神秘的桥洞显现了，／于是，我们又给忧郁病侵入了。"

在江南水乡，桥洞是常见的，但桥洞又是神秘的东西呀，经过它，谁知道呢，我们将看见什么？它似乎是敞开，又似乎是遮蔽，仿佛给了你一条通道，却又看不清路的全部。面对桥洞，读得到对前途以及命运的不可知、不自主。想起某一日，夜晚，运河边，我看着一艘艘夜航船驶过桥洞。忽然间，水波翻动，河水猝不及防地被驶过的船推上了岸，惊醒的一刻，却已避之不及。

看着这照片，似乎就在与这四位少女对望。而我实在搞不懂，是我望见了她们的人生，还是她们望见了我的人生。

现在是午夜的杭州，我在某幢民居的小小书房里，看着老照片，怀想影像里的各色人等。

看到了另一张。大概我是能辨认得出，就是拱宸桥了吧。桥上有一男一女并排走着，前面有一个人挑着担子。女人身边的男人戴着帽子，似乎在低头同她讲些什么。女人双手在腹前握在一起，总觉得旧时的女子是有姿态的。这姿态是吸引我的。天气晴好，流水淙淙，充满了山温水软的水乡风韵；又像货真价实的陈年花雕，浓香袭袭，醇厚绵长，给人以沉醉难醒的梦幻般意境。仿佛随着照片走进古朴静谧的水乡老镇，小桥流水，长巷短弄，白墙黛瓦的深处，总少不了江南女人柔情似水的生命情态，亦可见到江南男子才情四溢的清秀之姿，颇有些烟柳画桥、风帘翠幕的风雅，以及"钱塘自古繁华"的奢靡之气。

我是习惯想象的。譬如这张照片，会想象他们究竟在谈论些什么。他们是偶尔遇见还是相约前往去某一处？他们是这里的主人还仅仅是过客？所以其实或许一张旧照片就是一则故事。故事太小了啊，也许一张老照片就是一段历史，就是一段人生。一头扎进老照片的世界，就像一头扎进了这毫不知情的春天。

由于工作的关系，有时候会同作家或者诗人们聊天。面对小说家，我问得最多的问题大约就是，这些故事是你经历的，还是编的？同他们不太熟悉的时候，他们会说，编的呀。当然是编的，我也会笑说。而事实上，我们都会说的是当然来自于生活。而真正成就一段好故事，大约是来自于对人性的洞悉，深刻的洞悉。老照片看多了，我就恨自己不是一个会故事的人，恨自己是一个听不懂老照片说话的人。我相信这一帧帧的照片都是会说话的。

我的目光被桥洞吸引。照片里有一个方形的桥洞，一艘载满了货物和孩子的船正从桥洞穿过。孩子们是背朝着我的，所以我基本上看不到他们的表情。但是我一直以为，能坐着船在河里徜徉是一件美好的事情，尤其在童年。天气晴好的时候，我和大多数的杭州人一样是喜欢去西湖边或者运河边走走的。有一天，我忽然想起，已经很久很久没有坐船了，久远到我已经不记得到底有多远，于是同身边的朋友讲起了一个关于西湖边脚踏船的故事。

那是我的小学生活。班里一名女生的父亲去了老山前线参战。我们叫她父亲张叔叔。当然后来我们才知道张叔叔是著名作家，现在也常常会在工作场合遇见他。那天学校的早会，我的班主任老师上台读了张叔叔写给她女儿就是我同学的一封信，信的最后他写道："希望有一天我能够回来，同你和你妈妈一起再去西湖踏脚踏船。"事情应该是30多年前的了，而我依旧如此清晰地记得，而且直到成年，我才明白大约这封信是张叔叔作为遗书来写的吧。所以也不难理解当年老师在台上读得泣不成声，而我却懵懂着为何这么美好，她却还要哭泣。

去年10月，我去了英国，坐着船在康河上游荡。多么美好啊！美好得我甚至不知羞耻地念起了徐志摩的诗："在康河的柔波里，我甘愿做一条水草……"记得船儿穿过桥洞时的细节，最清晰的是桥洞下面的石头，一块块那么清晰，大约是长年向着水面的缘故，常常会生出青苔来。用手摸一下，是粗糙的，粗粝感是很动人的一种触觉。是岁月，是经年，是风霜，是阅历，是不动声色，是沧海桑田。忽然，我想起了在电脑上看老照片的情形。是不那么清晰的，尤其放大了看，颗粒感那么强烈，与日常我们看惯了的数码照片是那样不同。但是这样的粗粝，是让人安心的。我见过的第一片海，是 7 岁时，普陀的海。我见过的第一片沙滩，是普陀的沙滩，并没有想象中的细腻顺滑，只是粗粝。至今还记得幼小的我站在沙滩上，海水漫过脚尖留下粗粝的沙子的场景。所以，一帧充满粗粝感的老照片出现在面前的时候，你大约能够想到，那时战火纷飞，那时灾难重重，那时爱人离散……你只看到照片里那些人永远温暖的笑，永远纵容般的爱。而她的真实世界，你再也走不进去了。

运河流淌着，很寂寞的样子，看着年轻的男女从她身边走过。我的目光落在老照片里的一棵大树上，树很大，树荫笼罩的河滩上，是一只只停泊的船，船工似乎在休憩，有的在船上，有的在树荫下。我似乎能从照片里听到飘出来的歌声，不是劳动号子，而是周璇的《四季歌》。是柔情的，是劳动结束后的汉子们内心最柔软的时刻。似乎一段段悲喜交加的浮生故事，就这样缓缓地拉开序幕。河边空气清新，河边树木葱茏，河边生长着包括爱情在内的所有作物。河道就像是大地的血管。看照片，一种苍凉，一种质朴和自然，就像这黑白的影像一样，轻轻抚平我们那浮躁的心境。

岁月像一把锉刀，挫去了我们的风华。你说，如今我们漫步在小河路，我们漫步在桥西直街，有谁会懂得大都市的小弄堂里那些隐藏的往事，那些被岁月打磨得毫无光泽的往事。于是，我忽然想选择一个阳光明媚的好天气，挑一棵河边的大树，坐在树荫下，听运河告诉我这温软的水和她的故事。最好有橹声，还有人声，是女人的呢喃，男人的酒嗝，还有孩子们的欢叫。

　　这时的岁月是一条河，日子在这里打了个转，又到下游去了。

　　常常被一帧照片迷住，只是彼此说出了对方要说的话，甚至，懂得心里没说出的话。

　　此刻，我在反复听着一首叫做《往事只能回味》的歌，旋律像运河上的雾气一般蒸腾着。大约这就是往事，只是看不清，却不会消散。

剧院是另一种人生

我是喜欢剧院的。

少年时离开杭州时，似乎只有两座剧院。

一座是红星剧院。听母亲说我"出道"便是在红星，大约是四五岁光景，一个市里的文艺汇演，我跳了个舞。

另一座是杭州剧院。姑妈是这座城里出了名的女高音，在我记忆里的很多很多年里，她的演出几乎都在杭州剧院。

后来再回到杭州，发现杭州有了大剧院。

第一次到大剧院是 2013 年，看的是话剧《活着》。是的，孟京辉把余华的小说搬上了舞台。

是夏日的黄昏，天黑得晚。天边的晚霞就这样毫无保留地洒在杭州大剧院弯月似的顶上，美得那样肆无忌惮。一旁是人工湖，因为落日的余晖，大剧院门口的地上和墙上居然有了层层涟漪闪闪烁烁，一时间居然看呆了。

开场。进入剧院。舞台上横亘着一米见高的一道坝，里面埋着观众看不见的沟壑，游戏与仪式、荒诞与写实、影射与现实、诗性与暴力、漫画与拼贴……杭州大剧院的舞台上再现了福贵一家九口的死亡之旅。散场后仍然呆坐在座位上沉湎其中，回味着那一个个遥远而又近在咫尺的故事场景，像极了读完余华小说原著掩卷时候的思绪不平。我忽然觉得有一丝的惊喜，是杭州大剧院让"哀而不伤"继续成为余华的生命哲学；用"以笑的方式哭"继续表达孟京辉的戏剧精神。在这个意义上或者说在这个特定的场域，看话剧与读小说，是一种虽不同但十分相近的阅读体验。

这些年在大剧院不知道看了多少场演出。虽然离我住的地方真的有点远，基本上是穿城而过，但真的不愿错过每一场心仪的演出。在大剧院看过话剧、舞剧、交响乐、朗诵会……回忆起来，仿佛穿梭于交错的时空之间——莎士比亚笔下的人物百态、《广陵散》的慷慨激昂、红色娘子军的英姿飒爽、唐诗宋词的永恒魅力、大宅门儿里的世事变迁、大运河畔的人文情怀……都汇集在这里，感受到的是视觉的震撼和心灵的涤荡。

我也踏上过杭州大剧院的舞台。

是 2017 年的塘江文化节，其中有一场名为"行吟钱塘"的诗会。我有幸被邀请上台朗诵。那天同台的居然有倾慕已久的朗诵大家方明、徐涛两位老师。在后台路过化妆间的时候，我特意在贴有他们名字的房间门口停了停，暗暗记了位子，想着得空儿的时候得过来讨个签名合个影。

　　原本以为台上的聚光灯以及台下的掌声会是此次经历最难忘的回忆，要朗诵的诗歌背了又背，上台的服装也是选了又选。而事实上并不是。反倒是大剧院的后台以及后台的艺术家们，给我留下了深刻的印象。之所以深刻是因为，后台的一切，包括艺术家们原来是那样的朴实无华，与前台那个虚无而精彩的世界格格不入。演出完之后回到后台，他们才开始吃晚饭；换上日常服装的他们有点虚脱的疲惫；面对签名、合影，还有点小害羞……哦，原来他们没有魔法，甚至像个艺术的苦行僧。原来他们收敛了身上所有的光芒就是为了在舞台上璀璨地绽放。

　　事实上我觉得剧院是一个有魔力的地方，每时每刻都交替着华丽与朴素，日复一日地上演着人间悲喜。那些剧目啊，演出啊其实都是我们的另一种人生，而所有的剧情与悲喜，和我们的人生大抵相似。它似乎在默默地引导你去体味平静背后的幸福，观察生活中细微的变化；又似乎在悄悄地告诉你在开心时用尽全力去感受，在悲伤时也可以哭泣，但是要记得离场。因为就如舞台上一样，一切都会过去，转眼就是苍凉。

　　人生如戏，戏如人生，剧院是许多人的人生。

美　好

——写在 45 岁生日前

　　寒潮来袭。一年中最冷的日子已然来临。我的生日也到了。

　　自我懂事起，就被告知我出生在最冷的那一年的冬天。那一年西湖结冰了，上面可以骑三轮车。名字是外公起的。他说"此婴出生于如此美妙气氛的隆冬，乃取名曼冬"。

　　这一岁，过得不轻松。似乎年愈长，日子就愈发地不轻松。家庭、事业……有太多的事情需要操心，却一直是一个不怎么把"苦"挂在嘴边的人。于是总有人说你的日子真好过呀，却也只是笑笑。中年人的日子，有几人是好过的呢。只是难道时刻把"难"挂在在嘴上，日子就会不难吗？所以，不如美好些。

　　照例是读了很多书。一部分是做读书会必读的，一部分是自己选择喜欢的。读书会这件事情，我会一直坚持做下去，主要还是针对杭州市的会员。就算有很多人不理解，认为读书是没有用的，我依旧会做，因为我觉得读书是最有用而且成本最低的一件事情。也有人以为做读书会的主持，就是化个美美的妆，穿件美美的衣服，在台上拗个造型，"出个风头"就可以了。只有我自己知道，要做到作者说"你读懂我了"，是一件多么不容易的事情。几乎每一本书，我都会做十页以上的笔记。所幸，2020 年我做过的读书会，几乎所有的作者都对我说"你懂我"。

读过的书，走过的路，最后都会成为你身体和思想的一部分。对此，我深信不疑。

过生日的时候，我特别想聊聊今年读到的两本书：《浮生六记》和《头等舱》。

先来说《浮生六记》。

1780 年正月二十二，时年十八岁的苏州人沈复和陈芸在沧浪亭畔成亲，开始了他们之间二十三年的夫妻生活。这段感情，从幸福美好开始，到颠沛流离结束，由沈复用平白朴实的文字记录了下来。这就是为后人称诵的《浮生六记》。沈复的妻子芸娘，林语堂称其为"中国历史上一个最可爱的女人"。也有不少人称此书是中国最美的爱情故事。

书是很好看的。笔记体自传。沈复才情出众，既有文人风雅，亦有稚童心态。虽半生潦倒，却也算是有趣有才的人。

可是我却一点也不喜欢沈复。抛开文笔，我甚至不喜欢这一本《浮生六记》。很长一段时间我都不明白为何林语堂会认为芸娘"最可爱"。

芸娘倒是个有心的女人。夏季荷花初开，她会用小纱袋装上茶叶置于夜晚的花蕊里，晨早取出，用泉水或雨水来烹煮沏泡，茶水竟是绝佳清香；乡居日晒，她懂得利用生长着的植物做成活屏风，透风遮日，迂回曲折，风雅异常；她还懂得焚香、插花、制作盆景，心思玲珑，手艺精细。只是我对沈复一直生气。他是有心气儿的，但是他的能力匹配不上，既不考取功名，也无营生手段。到了后来父亲生病，妻子生病的时候，简直一筹莫展。仅靠卖画为生，而且三天的收入都不抵一天支出。而且也不会处理家庭关系，导致公婆对媳妇颇有怨言，让芸娘也是受了莫大的委屈。

一个不能让自己心爱的女人过上好日子的男人，我就是不喜欢。于是我不喜欢沈复很多很多年。直到今年，与一位朋友偶然聊到该书。他是个写书的人。他同我讲，《浮生六记》满足了一个男性文人对女性的全部想象。

我有片刻的愣怔。

事实上沈复身上的很多特性是可以代表很大一部分"文艺男"的。敏感、多情、脆弱。同时有才，有趣。他们是需要呵护的，需要芸娘一般的女子。

谁说男人不需要呵护呢。

我不喜欢的，不代表这个世界上不允许存在。我不喜欢的，不代表别人也不喜欢。我不喜欢的，不代表不可爱。

沈复如此，男人如此。万事万物皆如此。

另一本叫做《头等舱》。这是我喜爱的女作家黄佟佟的长篇。

严格意义上来讲，在我的书单里，这不能算是一本文学性很强的小说。

我们常常会在生活当中，觉得这个世界和自己想象的完全不一样，在这样剧烈的社会变动面前，很多人都是不知所措的，会发生各种各样的变化。

这是她献给所有女性的书，她在后记中写道："这是一个老套而平常的小说，而我想写的不过是这波澜起伏三十年里，我们这一代女性的青春幻灭记。"

幻灭吗？也许吧。成年人总是时刻在崩溃的，无论内在或外在，无论物质或精神，但又不会真正地迎来土崩瓦解，毕竟，总要活下去的。

就像北岛在诗里说的，"那时我们有梦，关于文学，关于爱情，关于穿越世界的旅行。如今我们深夜饮酒，杯子碰到一起，都是梦破碎"。有梦想是一件好事也是一件坏事，区别在于你能否保护它，让它生根发芽，而不是被风吹散。梦想一定要有，但现实非常残酷，唯一平衡的方式就是努力地学习，努力地成长，让自己的成长，保护自己的梦想。

书里那些女人们，努力让自己保有充沛的体力和健康的心智，我很有同感。因为精神家园和物质家园的建设对人来说都极为重要，甚至更为重要。因为只有内在人格稳定，心灵豁达强大，才能真正有力量面对变化无常的人生。

我在书里读到的另一层，是关于阶级。或者换一个稍微温和点的词，叫做"阶层"。头等舱代表着一种阶层。而事实上我们每一个人都在不同的阶层里生活着。不同阶层有着不同的生活态度、精神态度、物质态度。我以为是不可以逾越的，但可以共处。每个阶层有每个阶层的好，也有每个阶层的难。就好比没有钱的时候觉得有钱可以解决所有的问题，而事实上能用钱解决的问题都不叫问题。我的观点，不羡慕，不同情，但不轻易逾越。

过好自己能力范围内的生活。可以换位思考，但不要以己度人。子非鱼。

最后能得到幸福的，都是知道自己要什么，并且怎么得到，还能不顾忌旁人的任何看法的人。

我要努力成为这样的人。

我很喜欢一个词，叫做美好。我以为美好是一种境界。美，是相貌。好，是心地。

新年，新岁。

我愿意我是美好的。

宝石山上，文学亮着

让我想想，我是什么时候知道纯真年代书吧的呢。

肯定是在我回到杭州之前。那会儿我在北京，那会儿我年轻啊，年轻到甚至想忘记关于杭州的所有记忆才好。有一天我的一位上海的朋友发给我关于纯真年代书吧的介绍问我是否知道这家，看完惊叹，居然世界上有如此好的地方。又惋惜道，自己身处北京，大约总是要逢年过节回杭州才去得了吧。

物换星移。很多年之后我又回到了杭州。处理完家事第一时间，跟着导航到了纯真年代书吧。那个时候我还不认得书吧的女主人朱老师，我就像每一位爬山经过的游客一样，选了临湖的窗边，点了一杯咖啡，消磨了一个下午。

其实我都不怎么想得起来，是如何认得朱老师，书吧又是如何成为了我日常不可或缺的去处的。就好像身边特别亲密的朋友，却怎么也想不起来相遇的过程。

由于工作的关系，日常我会为作协的会员们做一些读书会，首选的地方自然是纯真年代书吧。书吧的景致，书吧的人文情怀，书吧的书卷气以及朱老师像亲人般暖暖的笑颜，便会让我感觉到，书吧是家。无数次的活动，于是我就成为了书吧的好朋友，书吧的大事小情我都会去凑个热闹。其实我也算不清到底在书吧做过多少场活动了，大多数都是市作协的会员。基层作协的特殊性就在于，大多数写作者更多的是文学爱好者。于文学爱好者来说，大约在人生中不会出很多很多书，也是因为不够很大的名气，也不会有更多的机构替他们做书籍的发布活动。但我一直坚信，只要是乐于用文字表达自己的人，心里一定是有表达的渴望的，那么市作协，就来做这件事，我们的会员出了书，我们替他们做活动，做发布。而地方最最合适的便是纯真年代书吧了。是杭州人自己的地方，也是一个文学爱好者的朝圣地。

到底在纯真年代做过多少场活动，真是连我自己都记不起来了。所以其实想不起来就想不起来好了，因为在接下去的日子这样的活动会一场一场继续做下去的。

在 2018 年秋天的时候，在约场地做活动的时候和朱老师的聊天记录中开始要备注上"宝石山店"抑或是"杨柳郡店"了，因为亲爱的书吧有了分店。真是件令人太开心的事情了，阅读的空间越来越大，爱书的人越来越多。

由于工作的原因，日常我打交道的作家会比较多。无一例外，几乎每一个作家对纯真年代书吧都有着深厚的情谊。有的时候看着他们谈论着书吧，谈论着在书吧里经历过的文学往事，我居然都会生出委屈来，仿佛是委屈着那些过去日子里我的缺席。

特别喜欢每年辞旧迎新的时候的那一句，宝石山上，诗歌亮着。是啊，宝石山上，诗歌亮着，宝石山上，文学亮着。可是，只要纯真年代书吧一直在，我们与文学之间，便不会再缺席。

只卖一本书的书店及其他

我家楼下，有一家名为"尤利西斯"的小书店。店里的书都很小众，格调挺高。而书店只卖一本书——《尤利西斯》，其他的书都是只借不卖（写完本文后一年，"尤利西斯"书店换了店址，出售的书也不止一本了。）。而所谓借阅，也只限于在店内阅读。店内没有免费 Wi-Fi，也不主张在店里"上自习"。大多数人都知道《尤利西斯》其实是一本不太好读的书。这部爱尔兰作家詹姆斯·乔伊斯创作的长篇小说，意识流小说的代表作。于是我就问老板你开这店是为啥。他说，

"我这店就开两年，从开张这一天起就开始倒计时。因为一直有开书店的梦想和执念。现在财务也自由了，人家玩户外、玩车、玩古玩……"

他顿了顿，看了我一眼继续说：

"就像你们女的买包啊。我就想玩个书店。这辈子也算开过书店了。至于《尤利西斯》，我知道很小众啊，但我自己喜欢。

来买的人都是喜欢的人。人这辈子也不能啥事儿都图个赚钱吧。"

"你不觉得这书店有点儿形式大于内容么?"

"觉得啊，那又如何呢。"

也对。不是吗。

兼容并蓄的时代，允许各种各样的事物，也包括各种各样的书店以及开书店的人。

说起书店，我其实是有点执念的。

上世纪九十年代在北京读大学的时候最爱去的书店包括位于车公庄的席殊书屋。这座漂亮的书店是国际著名设计师张永和设计的，百余平方米的店面用钢柱支撑钢化玻璃地面，将空间做出夹层。乳白色的磨砂玻璃地面中间装了日光灯，书店便成了一个半通透的玻璃盒子。最喜欢在北京的冬日里坐在玻璃地面上看书，能清晰地感受到淡淡的暖意。书店摒弃了传统的书架，代之以可以转动的书车，暗合着"学富五车"的意味。这座书屋1996年开张，2000年闭店。

一直记得闭店的前夜。

透明的玻璃房子彻夜灯火通明，里面挤满了爱书的人，有些是来买书的，有些只是再过来看看这座书屋。那晚我也在。离开的时候我数次转身看它，它在我视线中越来越远，它在这座城的夜色里闪着骄傲而苍白的光。

这大约是记忆中第一家关闭的书店。

我是这家城市书店的常客，不少书房、书店、书吧的老板或者主理人也都是我的好朋友。比如杭州书房、晓风书店、纯真年代书吧、钟书阁、最天使文创书城、西西弗书店……在这个年代实体书店确实挺难做的。比如我自己一直以来还是习惯阅读纸质书，觉得有一种仪式感。甚至我还有"不太好"的习惯，喜欢在书上做记号做批注。纵然如此，我的大多数书籍都是在线上购买的。每次去实体书店更多的是逛、喝杯咖啡看看书或者做活动。事实上我是很享受在书店里的时光的。被书包围，被书香气包围，无论做任何事情都是美好的。

近年来有不少的网红书店诞生。对于这些网红书店的出现周围的声音也是褒贬不一。或许从某些时候某些角度来看这些书店存在形式大于内容的倾向。

春日里的某天我去了商场的一楼的美甲店。给我修指甲的小妹妹有点害羞地开口问我："姐姐我看你的朋友圈，你是不是读过很多书啊，我有点问题想问你可以么？""当然可以啦。"我说。

"我们店楼上开了一家书店。"

"是的，我知道。叫西西弗。"

"对啊姐姐。我在这家书店办了卡了，是可以借阅的。可是我总觉得没有时间看书，每天也看得很少，这个怎么办啊。怎么样能多看点书呢？"

瞬间我有点感动。一家小小的美甲店，向往着看书的姑娘。

"多好啊，你爱看书，"我说道，"你知道你去的那家书店的名字里关于西西弗斯的故事么？"

"不知道呀。"

"西西弗斯是希腊神话中的人物。他触犯了众神，诸神为了惩罚西西弗斯，便要求他把一块巨石推上山顶，而由于那巨石太重了，每每未上山顶就又滚下山去，前功尽弃，于是他就不断重复、永无止境地做这件事。诸神认为再也没有比进行这种无效无望的劳动更为严厉的惩罚了。再后来，有一种说法，西西弗斯的命运可以解释我们一生中所遭遇的许多事情，西西弗斯的努力也可以是我们努力工作生活的写照。所以，你每天就看几页纸的书也没问题，第二天继续看呀。这样积少成多，到某一天你会发现其实看了不少呢。"

讲完这些我发现不知不觉间美甲店的姑娘们都把椅子拉了过来在听我讲述那个推石头上山的西西弗。

那一瞬间我有一点小小的满足感。

而事实上，无论书店抑或是阅读，所谓的意义，应该就是这样的罢。

我是陈桂花

经常有人向我打听：曼冬姐，请问你们这里是不是有一个叫陈桂花的。

我出生在 1970 年代最冷的冬天，那个据说西湖结了冰上面可以骑三轮车的冬天，原本的名字同桂花并无关系。倒是有个哥哥，出生在农历八月，那时候外公总是唤他做"阿桂"。但哥哥嫌这名字女气而且土气，唤了也不应，久而久之，也便不提起了。

而被唤做桂花，其实是源于旧同事。

彼时我在北京工作，是一名大学教师。某一年的秋天和北京的同事一起出差杭州，仿佛就是现在的这个时节。是路上突然间闻见桂花香的，在微雨的黄昏。那香味儿，起初若有似无，羞羞怯怯的。正疑心着，驻足四处张望，忽然一阵风来，吸进鼻子的，就是大把大把的香甜了。我于是说，呀，桂花开了。一脸兴奋的笑，是乍见之下的惊喜。心，跟着香香甜甜地一转，真的，桂花开了。那熟稔的香甜味儿，率真，浓烈，让人欢喜。于是便抬头找，那株散发着香气的树在哪里呀。眼前恍恍惚惚的，有一树花开，细细碎碎的，是一树丹桂，皓月当空，花香雾般缥缈。仿佛只需一棵树，就染香了一整个江南。北方来的同事哪里闻过这样的香味儿啊，兴奋极了，说没有见过桂花的呀，问这难道就是桂花树吗？她说第一次知道桂花，是毛主席写的《蝶恋花·答李淑一》："问讯吴刚何所有，吴刚捧出桂花酒。"她说学到这首词的时候，老师只是讲桂花酒是一种用桂花酿造的美酒，但桂花树什么样子的，估计连北方的老师也没有见过。

忽然她扭头看我，看得我发毛。我问怎么了。她兴奋地指着我说："就是你呀，香香、甜甜、糯糯；时而缥缈，时而浓烈。就是你啊，桂花!"

后来回到杭州。注册微信名的时候用了桂花二字。杭州到底是桂花的故乡，周围的小伙伴儿老伙伴儿们都不约而同地开始唤我做"桂花"，这在北方是从来没有过的。他们叫我桂花，我便应着，甜甜地应着，香香地应着，糯糯地应着；缥缈地应着，浓烈地应着。这一应，便应了 6 个年头。在杭州几乎所有人都爱叫我桂花，我想大约是这城里的人真的是爱着这小小的花儿吧。在北京的很多年，喜欢读郁达夫。喜欢郁达夫先生，是因为他的文字有那个年代少有的坦诚，真实可信，人情味儿十足。反反复复读的便是两篇，《故都的秋》和《迟桂花》。我总以为我是能读出文字里之于北方的秋，江南人的那种别样情愫的。

家门口的两株桂花树仿佛约定好了一般，总是错落着开。一株负责初秋第一拨儿，大约是 9 月初。那会儿的香味儿是文气的，带着些羞怯，似乎是争不过夏日的炎热，也不屑于争的。惊鸿一瞥般地香过，留下的，是比香气更漫长的思念与期待。随后是一阵子闷热，天性浪漫的杭州人将这透不过气儿的闷唤做"桂花蒸"。蒸啊蒸啊，门口的另一株桂花便开了，这一回，是扑鼻的，撒着欢儿的，任性。我总是忍不住想折几枝桂花回家。趁夜色潜入花香里，遇到巡逻的保安，我便如做了坏事被老师发现的小孩子一般将手里的桂花往身后掖，而保安却是狡黠地笑，说花真香。采回家的桂花插在小瓷瓶里，叶子碧绿而有筋骨，花瓣儿金黄，同两个米粒差不多大，密密麻麻，一簇连一簇，花香撞过来，就像一路洒开来的浓情蜜意，缕缕不绝。

家里的老人讲过月里桂花树的故事，说一个叫吴刚的仙人，犯了错，被玉帝罚到月宫伐桂花树。那桂花树很奇怪的，他一斧下去，桂花树又迅速长出新枝来。他一日不伐，树就疯长得能撑破月亮，所以吴刚只好日夜不停地在树下砍啊砍的。人不能做错事啊，老人总是这样叹。我有时会想，吴刚若是不伐，那一树的桂花，撑破了月亮将空气染成了一罐蜜，该多美，该多香。人在其中，也成了一个香甜的人了。

青春是一场远行

亲爱的二中的学弟学妹们，祝贺你们啊，祝贺你们的成年，祝贺你们的成长。

从此刻开始，你们名义上是一个大人了，是一名中华人民共和国公民了。请允许我代表你们的学姐祝贺你们！

2017 年岁末有一波晒 18 岁照片的狂潮，这一代又一代人都曾和你们今天一般的年轻，一般的芳华，他们也曾在一天之内渡过了一条叫做成年的河，到达了一个名叫 18 岁的彼岸。然后经过了若干年，他们再用照片，在河里打捞和怀念青春的印记。而你们恰好站在岸边，得以有机会打量他们，打量我们，思量"十八岁"这个词语的重量，思考它的意味。

12 月的江南，天地间依然色彩斑斓，而如若是在北方，便应该是非常寒冷了。之所以会想到北方，是因为我曾经在北京待了18 年。1995 年，我 18 岁。彼时我正在一列从杭州到北京的火车上，我的远行就这样开始了，刚上火车的时候，我特别激动，因为我终于可以离开我的父母了，我的家乡，然后我熟悉的环境，我终于可以离开他们，要去北京。我读的大学是中国传媒大学，那个时候还被叫做是北京广播学院。在广院，流传最广的一句话是，"你在广院的小礼堂舞台上站定了，以后在任何舞台都不会发怵"。事实上，在今天之前，我觉得这句话是正确的，但是当我站在二中的台上的时候，我忽然胆怯了，因为这是二中，因为台下有那么多那么优秀的你们，我去了北京，然后本科、硕士、留校。然后，当我人生第二个 18 年结束的时候，我的母亲在杭州忽然过世，于是我又回到了杭州。当我重新回到既熟悉又陌生的家乡的时候，我对自己有了一点反思。我问自己，18 年前我为何远行。

讲到这里我想到了我热爱的作家余华先生的一篇小说《十八岁出门远行》，不知道在座的各位同学是不是都有读过这篇文字。小说中"我"是天真单纯的。"我"对世界充满了热爱，"所有的山所有的云，都让我联想起了熟悉的人。我就朝着它们呼唤他们的绰号"；"我"叛逆轻狂，做事没有分寸，想拿石头砸汽车，甚至想躺到路中央去拦车；"我"天真无邪，学着像成人一样给司机递烟，认为他接受了烟就代表接受了"我"。这些地方都显示了"我"只是一个在年龄上刚迈入成年而在心理上却还是一个充满童真的少年。当"我"奋不顾身为司机阻止抢劫苹果的山民时，司机却看笑话似的袖手旁观；当"我"遍体鳞伤倒地不起时，司机却偷了"我"的背包与抢劫者一起离开。这些荒诞的事情就像一颗炸弹，将"我"原本的价值观摧毁殆尽。"我"在十八岁时怀着热情和梦想第一次出门远行，现实世界却给"我"当头一棒。

所以事实上去哪里不重要，因为你的青春就是一场远行，一场离自己的童年、离自己的少年越来越远的一场远行。你会发现这个社会跟你想象的一点都不一样，你甚至会觉得很孤独，你会受到很多的排挤。那我解决这些问题的办法就是不停地寻找自己所热爱的一切。所以同学们，远行不重要、去哪里不重要，找到自己所热爱的，千万不要放弃千万不要放弃，千万不要怕被他人嘲笑，因为无论你做什么，总会有一些人在后面笑你，你做得好做得坏都会有人笑你。那么，不要怕被人嘲笑。

以我现在人至中年的阅历，我终于知道，或许每个人未必都能在此生做出惊天动地的伟业。但我坚信，当你们都具有了人性、理性和博爱的情怀，当你们都懂得的责任、担当、崇高、使命和良知的时候，当每个人微弱的影响力都汇聚起来的时候，这个力量就足以改变社会，改变世界，而那些成就伟业的人也必然会从你们之中产生。就像万有引力决定了宇宙演变一样，这种力量也必然会影响和决定社会发展的方向与进程。这种力量，便是一种超越生命时间尺度的责任的担当。

最后，再次祝贺你们长大成人。

（此文为在杭州二中 2018 届高中学生成人仪式上的演讲）

种春风

春天，我常常在微雨时去河边跑步，雨下大了便停下来找一处躲避。最喜欢的是看雨滴落入湖中的样子。

滴答滴答，下小雨啦。种子说：下吧下吧，我要发芽。

滴答滴答，下小雨啦。梨树说：下吧下吧，我要发芽。

滴答滴答，下小雨啦。麦苗说：下吧下吧，我要长大。

滴答滴答，下小雨啦。孩子说：下吧下吧，我要种瓜。

滴答滴答，下小雨啦。

每次下雨，我都会想起这首叫做《春雨》的童谣，虽然根本不记得它是什么时候钻进我的脑袋的。少年时课本里曾读到一句"春雨贵如油"，百思不得其解：雨是春天的标配啊，如牛毛，如花针，如细丝，雨雾弥漫，如烟如云地笼罩了一切。怎么就"贵"了呢。后来去北京读书，一个春天也见不到雨，于是便晓得了贵如油的意义。

这会儿是才出正月吧，可是却已经领略到了各种花的开放。

从梅花开始，它属于冬天却更是报春的使者。然后是结香，之后桃花就开了，与此同时是玉兰，再然后是紫叶李、梨花、垂丝海棠，春雨过后，樱花便绽放了。你看，这短短的一个月时间里，居然会有这样多的花儿开放，开得热热闹闹，开得不知时间界限，开得忘记了生与死，开成一片被废弃的大海。总以为雨是对春天的深情。春天的花，开得凛冽，累累层叠，压了树枝一直弯到湖水里，在花和雨的呼应里，春天被宠爱得无以为继，深情到溃不成军。当第一滴雨水落下时，整个春天都呐喊起来了："下吧，下吧！"

　　在春天到来的时候这座城里都会有一场关于童谣的比赛。每一年大家都认认真真地探讨着关于童谣的种种。就像每到冬天我都喜欢读王寅的那首《朗诵》一样，每逢春天我总会想起诗人伊沙的《春天的亲人》——

　　每年春天

　　我都在花的现场问人

　　"这是什么花？"

　　"这是什么花？"

　　"这是什么花？"

　　然后

　　忘记

　　然后在下一年

接着问人

接着忘记

以至于很多年

我觉得

我比那些知晓

所有花儿名字的

植物学家们

更是春天的

亲人

叫不出各种花的名字也许是你我的常态吧，每年春天都虔诚地求教——问人或者是手机里的识花软件，然后迅速忘记。在下一年接着问，然后接着忘记，以至于很多年很多年。但这不妨碍我们爱着那些花和春天。不断追问，不断回答，这大约就是意义。记忆里我的外公是能够说出所有花儿的名字的。他是一名中医。春日里同他一起赏花是人生乐事，他不仅能讲出各种花的名字、药用价值，还能吟诵出关于这一株花、那一棵树的诗词。属于童年的春天，在外公的带领下去挖荠菜、马兰头和水芹菜，这是城里孩子的野趣。踏青回来浑身沾满苍耳子的时候，外公就会讲起关于苍耳子的药用。年愈长，愈多亲人离我们远去，如果每一年我们都有机会不断着问着亲人们哪怕是他们的名字如此简单的问题，想来也是一种奢侈。我的母亲是写过一首童谣给我的——

　　冬冬小胖

　　胖胖小手

　　手手画画

　　画只咪猫

　　猫儿吃鱼

　　鱼儿游水

　　水水浇花

　　花儿红红

　　红红花瓣（妈妈普通话不太准，念成 pàn）

　　盼望冬冬

　　冬冬长大

　　大画四化

　　这是一首四十多年前的童谣，时代烙印也是明显的。那时候我是一个胖丫头！妈妈应该写得很用心吧，用了"回文"的修辞手法，也尽量做到押韵。但其实这些所谓的修辞和押韵都不重要，因为这是属于我的童谣，是浓浓的爱。尽管在后来的日子里我读过很多很多的童谣和诗，也有诗人为我写过诗，但都不及这首童谣的珍贵与美好。事实上这首童谣的版权是妈妈的，而我却再也没有机会问问她是否愿意公之于众。每一年的春天很多次我们在讨论什么是童谣的时候，总是会说童谣姓"童"，形式是"谣"。成年之后我常常感觉我是被童年治愈的人，就像在每一年的春天，通过提问与花儿重新建立一次关系一样，每一次读到妈妈给我的童谣，就如同与她展开了一场美好的对话。这些美好牢牢地珍藏在我的记忆里。在人生中某一天，在孤独、寂寞或者遇到困难的时候，这些美好就跳出来，像春风一样温暖着我。

又是一年春来到，种桃种李种春风。

记忆和现实就是飞鸟与鱼

在大阪陌生的街道上来回寻找一处或几处地方，一路上问很多人。基本上还是不会看地图。手机上的百度地图和实际道路还是像鱼和飞鸟一样，处于世界上最遥远的距离。幸好小伙伴的方位感比我好些。周折来周折去加上东张西望漫无目的之后再想顺着原路返回基本上就很困难了。事实上我觉得空间感更多的时候是一种与生俱来的直觉。

慢慢地我发觉自己的场景记忆力非常好。事实上没有一点的空间和地理概念，但能够清晰地还原经过某一幢楼，某一棵树，某一排自行车，某一处人行横道线甚至橱窗里的某一件衣服的当下发生的事情，产生的对话以及彼时的心理活动。就像《情人》的开头那个男人走过来时说的那样："我认识你，我永远记得你……"有的时候是很奇妙的，莫名其妙会记得看起来似乎一点儿也不要紧的细节。比方与某位好友第一次遇见的日子，甚至那天自己穿的衣服，甚至那天他穿的鞋。而我以为这是一件幸运而快乐的事情。记忆里的世界是那么的充盈丰满而有料。

年轻时候失恋，便痛恨起自己的记忆，巴不得分分钟失忆。可偏偏越痛苦记忆里就越好。场景还原分分钟兑现，服化道台词人设一点儿没偏差。细微到在第几棵树下面接的吻都记得清清楚楚。于是就觉得一座城就只是一个人了啊，要怎么办才好。几年过去，年纪虚长。发觉自己对于场景对于细节的记忆力依旧很好。所不同的是又发现，记忆就只是记忆，仅仅只是。偶尔跳出来是会充盈与丰满人生的，却也仅此而已。他们是不同空间维度的东西。两两相望，相望而已。就像我之前深深爱过他，现在我同样深深爱着你。

30 层楼高的酒店有一面大大的落地玻璃。窗外是璀璨无比的大阪夜色。我本想长久地伫立将美景尽收眼底的，可是我错了，我发现我错了。我甚至无法静默地在窗前站满哪怕一分钟。当我站定，当我凝神，当我定睛，会发觉原来那些灯火都是活的啊，有生命的啊。它们无时无刻都变换着，跳动着，流淌着，述说着……

我相信这个城市的每一处灯火之下都无时无刻上演着人间的悲欢离合。这个世界的每一处灯火下，亦。就如同，此刻大阪月如钩，杭州，亦。

京都，我忽然读懂了里尔克

今日，落雨的黄昏到达大阪。飞速前进的 JR 上还接了杭州打来的工作电话，也算是替那个叫做 Docomo 的运营商做了个测试。两天前落地大阪那天想去京都，下了飞机就坐错车了。巧的是车上有好几个同样去京都的也坐错了。于是几个人凑一起看地图看显示屏看路标看时刻表竟然也顺顺当当地坐车找回了京都。萍水相逢的几个人在京都车站挥挥手说着 bye-bye。

初到的那天晚上是各种兴奋，吃了豪华的怀石料理，竟然还喝了两瓶清酒。当然这种兴奋在第二天晚上就变成了有一些些倦怠。那天我们顺着一条叫做鸭川的河走了很久。这是代表京都的一条长 31 公里的河川。水面上有飞禽，身边有芦苇和各种小野花，还能远眺到清水寺方向的群山。杨柳依依，河水清浅。用古朴的大块岩石铺砌成的河岸上时常有小童玩耍或者情侣约会。河水把夕阳推上了岸，又唤出了黑夜。于是想，童年时河边的青梅竹马若是能在成年后还能躺成你喜欢的样子一起看落日余晖，那么我真的想和你在这样一座城市里生活。

坐在河边发呆，间或脱了鞋去水里踢水。河水清冽极了，细细的沙石从脚趾缝里滑过，痒痒的，总想笑出声来。上岸，光脚坐在木头椅子上晒脚丫，几只麻雀旁若无人地从身边踱着方步走过，时而扭头看你一眼，甚至连飞走都懒的。夜晚的风是凉的，夹杂着流浪歌手的歌声，反正肯定听不懂的，却也是因为听不懂才会提醒自己已经在别处。

在别处是什么样子的呢？所以我要出门旅行。身处异乡是不同的。即便是寂寞，是倦怠，是无聊也是不同的。内心总会有个声音在告诉你，这不也是长久的。而事实上，就像里尔克在《秋日》里所写的一样："谁此刻孤独，就永远孤独。"我也是在京都鸭川岸边星巴克的露台上，忽然读懂了这一句诗。

清晨我从京都八千代旅馆醒来。几天的榻榻米睡得头重脚轻，眼睛胖肿。盘腿坐在窗边的地上对着镜子梳头的时候忽然听到了雨声。抬头望去，透过竹帘稀疏看得到雨滴从檐头落下。有那么一瞬间我以为自己是江户时代的少女。是的，这样也不会寂寞，梳头，看雨，等人。度一天。度一生。我是那么喜欢落雨。

大约雨是唯一不会让我觉得厌烦的东西。同样的雨天，大阪的夜就嘈杂得很。甚至连雨丝也变得焦躁起来，像忽然变化的情绪。

任何时候都是分别

在去奈良喂鹿和大阪逛商场之间选择了后者。虽然我是很热爱大自然和动物的，比如喜欢去每一个城市的动物园玩耍，但也不可否认自己仅仅只是一只城市动物。而更害怕的人山人海。事实上没那么多人的地方本身就已经很优美了。所以你看，我是那么矛盾的，喜欢城市偏偏又受不了那么多人。

酒店距离梅田阪急百货大概 5 分钟路程。基本上从地铁通道过去就可以，甚至都看不到天空。日本的百货业确实棒极了，商业规范、商品精致自不必说，售货小姐几次服务下来我几乎被掰弯，顺手就想娶个日本妞儿回去。虽然语言不通，但是日常的英语会话加上识文断字儿的看那些日文，基本上也能沟通个八九不离十。因为距离酒店很近，所以我们一天之内来来回回好几趟。认定一条路走，路盲如我在杭州稍不留神就迷路的人都已经可以熟练地穿梭自如了。商场营业到晚八点，在地下一层买完明天早上要吃的酸奶、糯米团子后再去退税，出来时平时正常进出的门已经被锁上。于是我们被要求从另一处离开商场。踏出商场门的一刹那忽然间意识到，完蛋，这已经不是摸得熟稔的那条路了啊……要如何是好。

幸好是有导航这件事情的。虽然地图展现在眼前的时候其实是不会看的，空间方位与平面地图基本上是无缘对面不相识的距离。但凭着指南针，凭着问路，凭着瞎蒙，凭着人品……终究是能摸回去的。

这让我想到几年前带着一帮学生出差韩国。行程里有三个小时逛东大门市场。眼花缭乱语言不通加上几乎为负数的方位感让我瞬间与大部队失散而不自知。待到幡然醒悟时距离集合时间已经不到 10 分钟。那时惊出的冷汗如今依旧能打湿我的后背。我没有任何方向和目的地乱走乱走乱走，甚至已经脑补了报警然后直接拖我回酒店的场景……然后，蓦然抬头，发现集合地和学生们一个不差地赫然出现在眼前。故作镇定的我装模作样地清点了人数并表扬了他们的准时，然而并没有任何人知道没有任何信仰的我在心里真心诚意地感谢了能想得起来的所有伟大导师各路神仙菩萨精神领袖和暗恋对象。

在大阪灯红酒绿的夜色下我忧伤地想，好不容易搞清了周边的道路明天又要离开了。

而事实上，何止是道路呢。几乎在任何时候，在相互稔熟之后随之而来的就是分别。尤其在了解了彼此沟通的任何一种方式——是的，就像摸清了从商场到酒店的任何一条路对任何一种走法都了然于胸的时候，似乎也到了想去寻找另一种新鲜的当下。兜兜转转知道所有路径的时候，也该告别了。

遂想起某个下雨的傍晚，杭州城西的某个窗前，有人一支连着一支抽着中南海对我讲，没有什么是长久的，没有什么是圆满的。我把窗户打开些好让烟味散出去，可潮湿的空气倒灌进来，与烟雾交织纠缠着愈发分不开。

我们在酒店坐船

　　酒店临着湄南河。入住是下午，从窗户里望出去夕阳洒在河面上，波光粼粼的样子，煞是好看。看攻略，仿佛在曼谷的几天出行都可以选择坐船。距离上一次到曼谷，大约有七八年之久了，堵车的记忆却一直还在。就如同此时，去往机场的出租车上，居然可以用堵车的时光打开电脑写一些文字。

　　所有坐船的场景在我的脑海里全部幻化为《情人》或者那些战乱时期电影临别的场景，所以这一桩其实很普通的事情无端端地变得文艺起来了。皇家喜来登酒店仿佛是有 3 个码头。一个是酒店之间来回"摆渡"；另一个是游船码头，停泊的是类似于"夜游黄浦江"这样的灯红酒绿的大船；还有一种就是公交船。事实上杭州仿佛就有公交船的，记得年前我们在运河边做的那一场迎新年的诗会，《小别离》的作者鲁强老师就是坐着运河上的公交船前来赴约的——多么诗意的出行方式。

第一次坐船毫无悬念地坐错了。酒店内部的码头停泊的船只是酒店之间的"摆渡"而已。却也好玩。傍晚时分亚热带的阳光被水汽裹挟着少了些锋利的感觉反而多出一份温润来，颜色是火热的红，一点点洒在波涛起伏的湄南河上，又一点点被浪花撕裂，抬头间，蓝色的天空，白色的云朵以及红色的晚霞，奇幻地组成了泰国国旗的颜色。爬上酒店的摆渡船坐了一站就到地方了，稀里糊涂地跟着船上的其他人上岸却发现似乎哪里不对，于是又匆匆折返准备再坐船回酒店。可是船却已经要开了呀。"Hey，Hey"地冲开船的小伙子喊叫着，连比画带喊地说着Back，Back……小伙子笑嘻嘻的吹着口哨将船熟练地倒回码头，船距离码头约莫有一米多宽，他已经如同猴子一般地蹦上来了，看着颤颤巍巍跨上船的我，发出了善意的笑声。此时的我如同玩着过家家的小女生，迫不及待地摇晃着到了船尾的甲板上，哪怕是一小会儿亚热带的风呀，也要让它轻抚我的脸颊。

黄昏是亚热带最美的时分。

空气里是鸡蛋花的清甜，阳光褪去了一天的炎热，河水开始释放出最温柔的一面。继去年 10 月泰皇离世之后的一年间，都是泰国的国丧期。所以即使是华人的春节，曼谷城内的大部分地方依然挂着白底黑花的挽带。一开始的确让我们的心里稍稍有点儿异样，毕竟，大过年的。大皇宫附近络绎不绝的有前来自发悼念的群众。男人们一律是白色制服左臂别着黑纱，女人们一律是黑色套裙左胸别着银白色丝带状的胸针。他们像做着一件日常的事情那样自然而充满了仪式感，反倒让这样一件本来看起来有点冰冷的事情多了一些些温情。作为旁观者也少了那么一点点害怕。这样一种保持敬畏，又不那么害怕和慌张的感觉，刚刚好。

为了避开熙熙攘攘的人群，我们在黄昏时分到达大皇宫附近的。褪去了喧闹的大皇宫在夕阳的背面显得安静无比，甚至那原本在阳光下被照得熠熠闪光的建筑们，都回归到了那样的一种平静。天空中偶尔有鸟雀飞过，哇呀呀地叫上几声，一只黑猫从士兵的脚下蹑手蹑脚地走过，蹲在门边等待着夜幕的降临。街边一名年轻的男子停下脚步，面对着皇宫的方向双手合十开始轻声地祈祷。我在他背后伫立良久，似乎看到了一种叫做虔诚的东西。风起，头顶旋转着飘下来一些粉红的花朵。很大，有着柔软的花瓣和淡淡的清香。我叫不出她的名字，只是觉得那样温柔的颜色和样貌，似乎不该长在这样茁壮的树干之上，也不该临着熙熙攘攘喧闹的街道的。

但是温柔和美丽难道不是另一种力量么。

穿过例行检查的岗哨，安检的卫兵用英文轻声询问我从哪里来，末了同我讲了问一句新年快乐。穿过逐渐陌生的街道，猫咪在打盹，黄狗在逡巡，鸡笼里的大公鸡打着鸣儿。男孩子们欢快地踢着一只藤做的球，旁边坐着眼里含笑的中年男子。女人们围坐一圈削着一只只新鲜的小菠萝。我在路边买了一瓶鲜榨的石榴汁，红色的液体伴着清甜滋味在舌尖缠绵，忽然觉得岁月静好，大概就是这个意思。

在码头找了一大圈也没有看到售票的地方，眼看着一艘船没遮没拦轰隆隆地就开过来了。问了问制服模样的一个男人，他摆摆手大概意思是上了船再买票吧。于是就这样，朝着大致的方向，却不晓得坐到哪一站，迎着夕阳，迎着风蹦上了船。船上已经有了两拨儿人，自觉地按照男女坐在了两边。这边似乎是刚放学的少年啊，青涩俊朗的面庞，笔挺的校服，意犹未尽地在说着不知道什么开心的事情，不时发出欢快的笑声。这些笑声来不及散去就被船舷边呼啸而起的浪花所裹挟，一点一滴地散落在夕阳下，散落在空气中，散落在我的睫毛和脸颊上。于是我也跟着一起快乐起来了。船的那一边是一群姑娘，裹着头纱，却也拿出手机摆出各种姿势开心而羞涩地自拍。

果然是上船才买票的。售票的装置是一个铁筒，类似于《非诚勿扰2》里范伟的那个"时光机"。问了才知道公交船的站名极其好记并且简单粗暴：NO.1，NO.2，NO.3……比如大皇宫这一站，是NO.9，喜来登酒店是NO.3。泰国是个土地私有制的国家，以至于城市里的各种建筑相互之间充满着混搭感。湄南河两岸，既有看起来美貌高级的酒店，也有临水而建的粗陋简单的水屋。水鸟或者鸬鹚还有鸽子在恣意地飞翔着。或者停在同一棵树上眺望远方，又或者栖息在屋檐下暂时小憩。华灯初上，对岸驶过来巨大的轮船，甲板上他们开始唱歌，甲板上他们开始跳舞，甲板上他们开始欢呼……笑声歌声欢呼声把夜色撞得支离破碎啊，落入河里变成了浪花，升上天空化作了繁星，那不小心溅落在我心头的呀，就成了我想你的点点滴滴。

上岸，在临河的酒吧点上一杯当地的啤酒，5%的酒精浓度把自己喝得微红以及微醺地睡去。醒来，我们即将去苏梅岛。

岁月失语，惟石能言

脑海里对于宁夏的印象，源自两句诗。最早是岳飞《满江红》的那一句，"驾长车，踏破贺兰山阙"。还有便是王维《使至塞上》诗中的千古名句，"大漠孤烟直，长河落日圆"。

飞机降落银川，我感觉自己已经迈入了一个神秘的通道门口。所谓"下车览风土，先上贺兰山"。被誉为"朔方之保障，沙漠之咽喉"的贺兰山，是我国一条重要的自然地理分界线，犹如奔腾骏马起伏的峰峦，横亘在银川平原与阿拉善高原之间。它地处我国农耕民族和游牧民族的交接地带，在历史上是游牧民族通往中原地带的重要屏障，自古贺兰山一带就有羌戎、月氏、匈奴、鲜卑、突厥、党项等北方游牧民族在此生息、繁衍，这里也是战时兵家必争之地，据说中国的山水画，就是因贺兰山而来。贺兰山的石条山脉质感极强，一条一条的纹路极其清晰，给古代的画家们极大的创作灵感。因为山势雄伟，构成了一道天然屏障，削弱了西伯利亚高压冷气流，阻截了腾格里沙漠的东侵，也阻止了潮湿的东南季风西进，使之成为我国外流区和内流区的分水岭，是温带荒漠和草原、季风气候和非季风气候的分界线，也是半农半牧区和牧区的分界线。

此行宁夏印象最深的一处，便是贺兰山岩画。

那日里白天我们去了腾格里沙漠。也就是王维当年诗咏的地方，沙坡头。绵延万里、滚滚而来的腾格里大沙漠到这里戛然而止。而从青藏高原一路咆哮奔腾的黄河到这里突然作出 290 度的华丽转身，大漠、黄河、高山、绿洲，到此汇为一处，大自然的鬼斧神工把它们巧妙地融合在一起。不得不说真是一处绝美之地。酣畅的沙漠之旅过后，便觉身子疲惫。加之从沙坡头驱车要三个半小时才能到达贺兰山岩画，我便有点兴致不高。

到达贺兰山已经接近傍晚。太阳早已下山，接近景区，只见一座南北走向的灰色石山挺立在面前，这山便是贺兰山。远远望去，绵延的山体几乎全部由岩石组成，几乎没有绿色。北方的风从山那边刮来，越过刀削过一般的青色岩石，又吹倒了一地的芦花，瞬间便有了一种深切的苍凉。贺兰山是宁夏与内蒙古的分界线，翻过这座山就是内蒙古了。我觉得太冷，又觉得这北方的风过于犀利，便说，不想看岩画了。若不是导游小姐姐坚持，我大概真的就错失了美景。

按照规矩，我们应该先参观银川世界岩画馆，再去观览山体上的岩画。因为天色已晚，我们便跳过了岩画馆，直奔山体而去。山脚偶尔能看到岩羊，或悠闲地觅食，或自在地饮水。岩羊皮毛呈灰褐色，与贺兰山石极其相似，真是典型的"保护色"。

在古代，贺兰山是匈奴、鲜卑、突厥、回鹘、吐蕃、党项等北方少数民族驻牧游猎、生息繁衍的地方。据导游说，贺兰山腹地，20余个沟口的岩画总数达数万幅。跟着导游，我们往岩画深处走去。事实上，初见并不惊艳，而随着步伐深入，天色渐暗，我眼前的山似乎涌动起来了，我知道那是我内心的澎湃。

让人心醉的岩画，记录了远古人类在3000年前至10000年前放牧、狩猎、祭祀、争战、歌舞等生活场景，多方面、多层次地反映了原始游牧部族先民的生活和信仰。那些岩画笔法简洁，造型粗犷，构图朴实。看哪，画在岩石上的牛、虎、驼、鸟；画在岩石上的人面人手；画在岩石上的长犄角插羽毛的男人戴头饰挽发髻的女性；画在岩石上的宛如人脸的太阳神；画在岩石上的放牧狩猎祭祀争战舞蹈……这些会说话的石头，讲述着远古人类的生产与生活，风俗与人情，向往与崇拜。

远古的人儿啊，你们攀援上陡峭的山崖，将自己的目见耳闻或心中的图腾刻在山体上，然后用动物的血染色……它们是无声的歌，无字的诗。它们是古先民的"记事本"。

千奇百怪的贺兰山岩画中，最著名的就是太阳神。太阳神岩画，面部呈圆形，头部刻有羽冠饰物，共分为三圈。外部刻有一个圆圈，圆圈上刻有繁复的射线，似光芒且以冠分为两段，各为12条长短线。中圈刻绘12条芒线，亦是以冠为中心各为6条线，内圈为人形面部五冠。上古先民敬畏太阳，观察太阳，他们意识到万物皆由太阳创造而来。在他们心目中，太阳神是至高无上的，他们认为部族有威望头领就是太阳神的授命，是代表太阳在地上行使权力。太阳神岩画是"镇山之宝"，只见太阳神环眼圆睁，光芒四射，王者风范透过岩石，穿过岁月，扑面而来。仰望这数千年前的印记，在被这种精神张力震撼之余，内心隐约感到了与远古人类的亲密接触。从时光深处，定格成一幅幅最美的意象。

圣山巍然，北风呼啸，泉水潺流。仰视着傲然挺拔的贺兰山群峰，凝视着太阳神、圣像壁……仿佛走进了一部宏伟古老的史书里，站在了古人生活的场景里。每一副岩画就是一个故事。岩画中，人脸形象不但多种多样而且分布得较为集中。还有一些形象，似人非人，似鬼非鬼，稀奇古怪。有的人物形象装束奇特，动作少见。这些奇形异状的形象，让人猜想其中究竟蕴含着哪些古老而神秘的信息。可是为什么要去猜想啊，欣赏，并且充满着热爱的欣赏吧，古人自有他们特殊的生活环境与审美观念。而岩画的存在，就是一页历史，也是刻在大山上的史书。

"岁月失语，惟石能言。"

在春天，与大江东一起舞蹈

知青园的展馆里一张乡村播音员的照片吸引了我的视线。黑白照片的年轻姑娘，样貌俊俏，还有着一对可爱的酒窝儿。正出神，身边的朋友问，看什么呢。我笑说，如果我在那个年代，大约也会成为一名知青的播音员吧。

我是知青的孩子。我的母亲当年作为可教育好子女上山下乡，到了浙江富阳东洲岛。因为外公是中医的缘故，从小耳濡目染，上山下乡那阵子她便成为了一名赤脚医生，后来由于她优异的表现，被授予"活学活用毛泽东思想积极分子"，先进事迹还登上了当年的《杭州日报》。童年时依稀听她讲过上山下乡的生活，也翻看过老相册里那个年代的黑白照片。后来家里常常有富阳来的老乡，我们像亲戚一样走动了好些年。那个时候家里住在杭州城里浣纱路的五楼，当年被母亲医治过的龙生和他的儿子老虎还有老虎的媳妇儿倍优，都是家里的常客。每年秋收的时候，壮实的老虎总会背着一大袋子的米到我们家来，啪的一声甩在水门汀上，同我讲，这新米，可香，你们城里人吃不到。

大约是身上流着知青的血吧，当我一踏进临江知青园的时候，居然热泪盈眶起来。是的啊，是的啊！上世纪中叶轰轰烈烈的知青运动是中国现代史上的一个重要篇章。我母亲那热气腾腾的青春、那像一颗青葱一样水灵的青春和在这片土地上投入围垦开垦的近万名知识青年的青春一样，爱过，苦过，哭过，也笑过。1970 年 10 月，来自杭州、宁波、嘉兴、湖州、舟山等地的近万名知识青年，相应国家号召来到这里。在南沙大堤旁的梅林湾，知青们作为南京军区浙江生产建设兵团第二师、第六团和第八团的兵团战士用自己的青春年华激情奉献，参与到萧山围垦史上最大的十万亩军民联围工程中（其中第六团 18 万亩，第八团 19 万亩），经过兵团和知青们的拼搏，使昔日的盐碱荒滩开垦成千顷良田，成为当地的粮、棉、油及水产基地。兵团知青们将自己的宝贵青春和满腔热血留在这里，他们经历了人生的严峻考验，经历了刻骨铭心的意志磨砺，完成历史赋予的特殊使命。这种艰苦创业、英勇奋斗、百折不挠、万众一心的精神，成为推动大江东发展的一笔巨大精神财富。今天，这里成为了一片充满希望的热土。这是大江东围垦史上的一个奇迹。看着那些黑白的照片，看着那些真实的影像。还有那些农具，仿佛还留有双手的余温；那个用毛竹削成的笔筒，是相爱的知青的定情信物，那些爱的记忆，历久弥新。我想起曾问过母亲，那段知青岁月，到底是欢乐多还是痛苦多。记得母亲只是微笑，问这些做什么呢。如今回想她的笑容，似乎看到了波涛起伏的海。

我想到了海。围海造田的海。

初到大江东的那个下午，春雨点滴飘落。正好是退潮的时刻，陆春祥老师告诉我那是杭州湾出海码头。事实上我并不知道应该将那一片时而波涛汹涌、时而泛着涟漪的春水唤做海，抑或是江。是有野鸭在嬉戏的啊，这可是春江水暖鸭先知。是有吐露着新芽的柳条在袅娜的啊，这可是万条垂下绿丝绦。高处是玉兰绽放，低处是桃花娇羞，好一派俏也不争春，只把春来报。我仿佛是不想离去了，我多么想留在这里的。我想看钱江涨潮的模样，我在这里看一天比一天热闹的春天。这片当年兵团知青们生活、学习、劳作的难忘之地，如今正朝着"产业、城市、环境融合发展"，"经济、生态、人文和谐发展"的方向，开启了新的征程，踏上了华丽的嬗变之旅，一座现代化的临江新城正在激情崛起。

是初春的知青园，竹林青青，繁花遍野。湖面上蒸腾着春的气息。望着远处白雾茫茫的湿地，这里就是他们当初围垦的地方，依稀中我眼前仿佛幻出千军万马大围垦的壮观场面。在知青园的雕塑面前，我们请采风团里唯一当过知青的杨新元老师站在中间，一起合影留念。

在大江东的日子里，我们还一起去看了长安福特汽车杭州分公司。在那里，数万余块汽车零部件整齐排列，在自动化生产线上被500余台机器人有序焊接。天呐，这是在参观工厂吗，这分明是被带入到了一部现代化的科技大片的拍摄现场。据说在这里一台福特锐界整车在长安福特杭州工厂下线只需短短的 72 秒，相当于吃掉半个苹果或眨眼 20 次的时间。"作为杭州市迄今引进的最大单体工业项目和第一个世界级整车项目，长安福特杭州公司可以算是长安福特中名副其实的'高端工厂'。"在长安福特讲解员的介绍和带领下，我们走进了工厂的焊接车间。机器人的大量运用让自动化率提升到 70%以上，同时，涂装车间采用了福特亚太第一条全自动喷涂线和第一条双组份清漆工艺，提升整车的工艺水平。这一切，让我目瞪口呆，儿时读过的那些科幻小说里的场景竟然在这里一一得到重现。

如果汽车是个大家伙的话，那么萝卜干肯定就是小不点儿了。

车子在钱江蔬菜公司门口停下，车门一开，空气里是清甜的萝卜干的味道。我深吸一口气说，真想来碗泡饭。长安福特杭州工厂企业工作高效的背后是"机器换人"的缩影，而这一点也在钱江萝卜干生产基地同样得到了验证。工厂利用传统和现代工艺自动化专业生产萝卜干制品。我们既能够通过透明玻璃相隔的包装车间，看着机械设备有条不紊地进行萝卜干的分拣、罐装和密封，最终送到智能化仓库，由机械手臂自动装箱。又能够看到勤劳的妇人正用手中的削刀麻利地清理着那些还带着土地灵魂的新鲜蔬菜。作为传统企业，钱江萝卜干的生产工艺实现了这样结合进而带来的转型升级，的确让人吃惊不已。公司创办 28 年来，钱江蔬菜系列产品声名鹊起，好评如潮，萝卜系列产品，产量销量已居国内首位。在真切感受着全自动化流水线带来的高效率的同时我与身边的萧耳窃窃私语，讨论着这个时代究竟有什么是不能被机器人替代的。

在规划馆，我们看到了江东三路、江东五路、滨江二路、头蓬路等一批以 PPP 模式实施的公路项目的建成通车，在介绍中我们更知晓了省一级重点高中杭高大江东校区开建，使得江东人家门口也有了名牌中学。重点职业技术学校杭州市轻工高级技工学校的开工建设也将为大江东以及各企业输送大批管理人才。还有那些我们去过的、经过的汽车小镇、巧客小镇、职教小镇、金融小镇、农业智谷小镇、蓝天小镇……一个产业高端化、城市品质化、环境生态化的新城正在崛起。从万名知识青年响应国家号召围垦开垦建设使昔日的盐碱荒滩成为了千顷良田成为了粮、棉、油及水产基地，到今天无论现代还是传统的工业企业食品企业基本实现无人化的机器人操作，大江东这片土地上孕育的勤奋、朴实、真诚团结和甘于奉献的精神，便是大江东世代相传的文化。

那一晚，夜宿大江东杭州英冠香玉酒店。酒店外春风沉醉，车水马龙，霓虹闪烁。进入酒店，大堂之大，大堂之美竟让我有了想翩翩起舞的冲动。

何止此刻想起舞。在大江东的每一刻都想起舞。春潮涌动，春雷滚滚，而大江东本身，这一块钱塘江出海口以南的地方就是一座正在舞蹈的东部新城。

当语言停止时，音乐响起来

第一次去厦门，是很久之前的事情。那一年我很瘦，独自远行是为了同自己和解。很多很多年过去了，远行的理由渐行渐远，同自己的关系依旧在吵翻与和解之间重复。只是厦门这个有海的地方，一直让我惦念着。

我是那么喜欢海。喜欢厦门这个地方夜晚时分的海的声音。

这个初夏，我又一次去了厦门。为朴树。

看完朴树的第二天坐船去鼓浪屿。头一天的梦境里是多年前的鼓浪屿。半开放的轮渡码头，文艺气息浓重的赵小姐的店，静谧而深邃的海，以及梦幻般游走的自己。而现实中的鼓浪屿，已经不是那般的模样。嘈杂，炙热，甚至未曾听到海的声音，赵小姐的店甚至也倒闭了。在比很多年前精致很多甚至有了贵宾室的渡船上，我问自己，谁变了？

5月初的厦门，微凉。空气里有一丝的凉。演唱会所在的体育馆小得甚至有些简陋。体育馆的大堂里几名保安目光呆滞地坐着发呆，他们的狗拖着舌头在大理石地面上睡得正酣。入场，座位在舞台的右侧上方。稍稍偏着头，可以看到舞台及大屏幕。音乐响起，朴树开口唱第一首歌，《空帆船》。军绿色的外套里，艳丽得如同夏花般绚烂的内搭，他不停地唱着"我迎着风，我迎着风……"这是他的新专辑《猎户星座》里的新歌。事实上整场演唱会里大多数都是他的新歌。但是好神奇，与他的新歌相逢的每一个瞬间，脑子里就只有四个字，"久别重逢"。朴树说"也许我不会再有一张情感这么强烈的唱片了"，但这不重要，重要的是，他依旧在。

大约是人至中年，这些年我逐渐对很多事情失去了原本的热情，却无比认同朴树对于自己新专辑的描述，"情感强烈"。是一种内在的强烈，如同新专辑发布的前几天，他新发的那条微博里说的："有本书这样描述煤的形成。有些树木凋落了，被埋在地下，漫长的时间过去了，它们经受着强烈的外力挤压，最终变成了煤。而另一些树，被埋在更深的地方，经历了更漫长的时间和更剧烈的挤压，它们变成了钻石。"这一份强烈的感情的确像钻石，在音符里折射出耀眼的光芒。看不到，摸不着，却无比坚硬地刺痛着心脏最柔软的部分。他唱着我们的爱情，唱出了我们的脆弱和矛盾。

演唱会里自然也是有老歌。

临行前邀约的朋友问我是否喜欢朴树。依旧记得接到他的电话是在单位的电梯间。我很难得的没有因为要进电梯匆匆挂上电话，而是走到楼梯口坐下，静静同他谈起了朴树。我说甚至我会想不起来这个男人的样貌，哼起他的歌，却有我钟爱的俄罗斯歌曲的影子，空灵的、忧郁的、倔强的。

演唱会上《白桦林》响起的时候，我居然有了想流泪的冲动。大学毕业留在北京，住的是租来的房子，那个地方叫做高家园，地处京顺路机场辅路边上。可是你一定不知道机场辅路旁边有着一大片的白桦树。从小生长在南方是没有见过这样的树的，只是依稀记得很多年前有一部叫做《东边日出西边雨》的电影，年轻的几乎有点俊朗的王志文和还没有任何风骚劲儿的许晴总是在那片白桦林散步。最爱白桦树上像人眼睛一样的纹理。孤独寂寞的时候便会去树林里与那些眼睛对视。反正彼此都读不懂对方，反倒可以恣意挥洒情绪了。

"天空依然阴霾依然有鸽子在飞翔……"便是我的青春。

终究还是没有让眼泪留下来，终究也是平静地看完了整场演出。一开始我真的并不明白自己为何会如此平静地听完整场演唱会，不悲不喜。但当我在多年后再度踏上鼓浪屿的时候，我终于明白。平静难道不是一种更加有力量的情感么。如同朴树的另一首歌，《平凡之路》。与朴树一样，我们都是 1970 年代生人，《平凡之路》大约更像我们这一代人的这些年。愈生活，愈感觉不尽如人意，甚至残酷。但是接受是必须，并且意味着接受自己。

那天，在开场 26 分钟之后他终于开口说了第一句话，谢谢你们来。

那天，唱那首叫做 *Never knows tomorrow* 的新歌的时候，唱了一半他笑笑说唱得不好我要再来一遍。

那天，他换了个吉他说，今天嗓子不好不自在。

那天，演出后他缩在角落里旁若无人地吃着简餐喝着一点酒。

后来某一天我在一场文学讲座里听到一位作家讲起他的写作，他说他写下那些文字，是试图与这个世界彼此遗忘。

很多年前我去厦门，是为了同自己和解。很多年过去了，我去厦门听了一场可以让自己消失在音乐里的，朴树的演唱会。

他的眉头若松若紧。

他的嗓音游弋不定。

心里已燃烧了一把炭，眼里却还是嘶嘶冒着清冷的凉。

当语言停止时，刚好有什么音乐响起来。

不如早早相逢

上元节之后，本想着春雨的翩然而至呢，竟迎来了春雪。春雪初霁，翌日正是雨水节气。有一种节气，你离开它之后，过了些时间，开始想着它，并觉得它的好；然而你在面对它的当下，却不曾感觉它有什么出众之处，这是很奇怪的。这种奇怪的感觉，干是伴随着雨水那日，我沿着运河漫步的整个过程。

这个季节，便是初春了。

从武林门游船码头沿河一路向北。

早春二月的杭州，仍然略有寒意。在运河边走着，除了看到一个小雪人之外，已寻不到昨日春雪的踪迹。河上有运沙船轰鸣着驶过。举起相机久了，手还是会冻得很冷。幸亏还有些时间是叫做春天的。春一来，就把白天黑夜整得一样长，运河让天空和地面开始互相放赏，对着这一汪春水，把各自打扮得更明朗，而且开始微笑了。甚至连潮王桥下，那四尊潮王雕像，也不再僵冷了。抬头看时，鸟儿又回来在水面上飞舞着滑判着看着翻腾的春水以及春水边熙攘的人。

堤岸边已经冒出嫩草，以及穿越了整个冬天的冬青，构成了深浅不一的绿。大约是河岸边的缘故吧，比其他地方的植物无端端多出一分透亮和湿润来。风过处，空气里混杂着运河水的味道，清澈的，清新的，清爽的，清透的，清新的，充满着泥土与植物的芳香。

于是，我反倒更喜欢这个叫做初春的时节。总有一种期待在内心细细灼烧，这种灼烧，叫做动容。

雨水节气的日子，空气中似乎真的有蒙蒙的水汽。出门的时候，看窗外没有阳光，心中是略有失望的。而漫步在运河边，才懂得，这是另一番的滋味。一场春雨一场暖，春是被雨渐渐温热的一个过程。一路沿水岸游游荡荡，不觉间来到是拱墅八景之一的"半道春红"了。有一首古词这样描述它："记得武林门外路，雨余芳草蒙茸，杏花深巷酒旗风，紫骝嘶过处，随意数残红……"意境之美，跃然词上。早春时节还没有花红花白，但柳丝已经成了春意盎然的主角。望着这运河边的柳丝，想着若是此时来一场春雨呢？那春雨会晶晶蜿蜒过一个个傲娇的柳芽，鲜黄就浸透饱满到了一条条垂枝中，雨中每一条垂枝都被水光映着，于是就变成千万条金线的拂动了。雨水再顺着这一条条金线滴落到塘里，就变成一个个小圆涡，鱼儿浮上水面，到圆涡中打个转，这整条河里满满的水汽啊，便是这春日里满满的机遇。只可惜，此时并无春雨，而春水还凉。

　　却还是有花已经开了的。春花啊，根本就是美好的代名词。再过一个多月吧，这城市里的所有的花都该热热闹闹地开了。那时候所有的花儿都会开得不知道界限，开得忘记了生和死，开成一片被废弃的大海。那个时候的春天，花儿便会开出凛冽的气势，累累层叠，压折了树枝，一直一直弯到泥地上。那个时候的花儿，没有了芳香，只有颜色形容以及阵仗。那个时候的春天，被宠得无以为继，深情直至溃不成军。那个时候的春天，想起来总有一种意兴阑珊的颓唐，所谓春风沉醉，大概就是这个意思。

　　正想着，忽然看到一株芍药。芍药是春天很早就开放的花。天气尚寒冷，芍药花苞日日膨胀。不知不觉间，在向阳墙角绽出花朵。单瓣，重瓣，颜色鲜艳，硕大热烈，仅一株，陡显春色。

　　再往前，便到了德胜桥。八月十五在这里赏月兼带怀念民族英雄韩世忠，也是一桩雅事，有个名头叫"夹城夜月"。曾读过杂志里的文章说，京杭大运河的南端终点，在湖墅南路的夹城巷位置。古代这里水位北高南低，拦河筑德胜坝，钱粮谷物运来时，都要翻坝而过，才算真正进入运河。听闻"夹城夜月"是湖墅八景之首。相传农历中秋之夜，在夹城巷东的德胜桥观月，便能看到圆圆的月亮从桥上冉冉升起，犹如月行桥头，变幻迷离，很有诗意。

　　"夹城夜月"这里有一个小广场。中午时分，人不多。见到有小童在嬉戏，笑声清脆得撞得破这湖面的薄雾。只听得这样的一段对话：

"……可是还是冷。"

"再冷也算春天啊！"

是啊，再冷也算是春天的啊。

春天是什么呢，大约就是一种等待，等待内心愉悦晴朗和微小幸福。像初春里的运河边上的小花儿，自然烂漫，自生自灭，无边无际。

春天是什么呢，大约就是一种等待，等待生活的某些时刻，刚好可以站在一棵开花的树下，抬起头为它动容。

如果午后微雨突袭，你恰好渡船而过，不妨让我们在春柳拂面的运河桥头相见。

春光易虚度，不如早早相逢。

沙滩儿没有海

　　我忽然开始怀念北京。那个我生活了快 20 年的城市。我总是会定期或者不定期地怀念他。这个季节，应该飘满柳絮。那时候中国传媒大学还被叫作北京广播学院。我们总是满怀爱意地叫她"广院"。现在的北院还被叫做中国矿业大学东校区，而我们总是略带戏谑叫它"煤干院"。煤干院的大门紧邻着朝阳路，有一辆 846 路公交车，可以开到美术馆，站牌上还有一个地名叫做"沙滩"。

　　甚至不记得是为什么，就记得那一天的 846 公交车开得飞快，车里只有我一人。是这样的季节，漫天的柳絮从公交车敞开的车窗里就这样涌进来，涌进来，铺天盖地，肆无忌惮地在车厢里飞舞，飞舞，飞舞。我傻傻地坐在车里，就像坐在飘着漫天雪花的春天里。而我要去的地方，就是那个叫做"沙滩"的某一站。我甚至不晓得那是哪里。售票员大姐卷着舌头说到沙滩儿了你不是去沙滩儿么。我迷迷糊糊地下车，刺眼的阳光卷着柳絮扑面而来，我张望四周问售票员，海呢？大姐显然被我搞糊涂了，费解地看了我一眼，然后和那辆盛满柳絮的公交车一起继续飞驰。

我愣在北京初夏的马路上。那个地方叫做沙滩。

我只是想着有沙滩也许就会有海，可是完全忘记了北京怎么可能有海。

很多很多年过去了。似乎我很多次路过这个叫做沙滩的地方，但再也没有坐过846路到过那里。真的是很多很多年过去了，在这个初夏的夜晚，风从虚掩的窗户里飘进来，夹杂着一点点属于这个季节的温润和几声野猫的叫声。我在电脑上写下这些文字的时候，忽然落下泪来。在我心里，总觉得那里是有一片海的，只是我没找到而已。

我当然是记得我那天穿着一件蓝色的棉布裙子，是叫做"红英"的牌子。牌子的 Logo 是一匹马。第一次见到这个牌子是在北大小南门的一家服装店，那是一条暗红色的棉布长裙。那时候我每周去一趟北大看牙。牙医是一位姓林的大夫，曾经用他的吉普车带我去朝阳公园附近的枫花园看过露天电影。我每次去看牙都会看到那条暗红的棉布长裙，我认为那裙子就是我的。后来我穿着去找海的是另一条蓝色的，是在人民大学门口的"红英"买的。那条裙子美极了，真的美极了，美到这么多年我都不舍得扔。这不，刚刚看了看她，又将它挂进了今年的衣橱。是的，快20年的蓝裙子。

这个初春，我多想再去北京乘坐一次飘满柳絮的公交车，去"沙滩"找找那片海。忽然想起有一首歌是这样唱的：海一望无际，我在浪里。

江南小巷

在北方，好像没有巷子这个叫法。叫做，胡同。你听，胡同，嘴嘟成个筒形，舌头位置稍有变化，齐活儿。而巷子呢，张着嘴，就是一副笑模样，声调也是抑扬顿挫，光听声儿，就显得风情万种了呢。

古往今来，江南的小巷便是无数文人墨客舒展情韵的地方，刘禹锡曾站在乌衣巷口，看着朱雀桥的野草招摇，王谢堂的牌匾斑驳，无限感慨道"旧时王谢堂前燕，飞入寻常百姓家"。陆游听着雨打窗篷，想象着巷口那卖杏花的女子清脆的叫卖声，写下了"小楼一夜听春雨，深巷明朝卖杏花"的诗句。戴望舒也走过小巷，但他是那样的孤寂，带着那一份彷徨和寂寥，徘徊在小巷。而柯灵走过的小巷却是如此有灵性，优娴而贞静，在这里，柯灵体会了宁静淡泊的处世，远离名利的高洁，在他眼中，小巷"是人海汹汹中的一道避风塘"。

说起杭州的小巷，戴望舒确实最得其要领。江南多雨，江南的小巷离不开水，水让巷子里的江南清气氤氲，让流逝的岁月如烟如梦，也让巷子里的人恬淡迷蒙。撑一把伞走着，踩着湿滑而洁净的青石板路，看雨打屋脊惊起的游龙般的水雾，听檐下滴答的水声，一种恍若隔世的熟悉和陌生感会唤醒内心深藏的落寞。看雨，心格外澄澈明净。清风徐徐，冷雨敲窗，是你表达不出的人生之美。

《雨巷》所在的杭州大塔儿巷居闹市中心，因为离我读过的中学不远，小时候又有同学住在那里，记忆当中倒是还有些古朴清冷的印象。如今的这巷子多了些烟火气和繁华气，百度上一搜，竟然全是二手房的信息。偶尔路过时看看，饭店茶馆一溜烟顺街都是，诉说着永不停息的朝气，倒也应和了西湖的富贵气质。

想要寻寻记忆中古朴的巷子，怕是要去西湖景区还有寻访那些老宅子了吧。每次经过，都恨极了脚上的细高跟。车停路边，鞋跟敲在石板路上。小巷曲曲弯弯，正如江南曲折迷离的传奇。恍惚间又仿佛像是走进了一个故事里，幻想着这巷子里的旧时光，是否有王侯的恩怨、士大夫的高雅韵律，以及被蹂躏的美人。如今总有一些老人聚集在巷子的某一个地方，打牌、下棋、看报、拉家常。巷子里的故事，岁月里的故事，都夹在他们的皱纹里。这巷子只是寻常的平民的巷陌，巷子深处不知哪家院落里传来麻将声、炒菜声、小孩的嬉笑声，似乎要击碎这湿漉漉的空气。

　　巷子里的四季，风情万种。春季多雨，不紧不慢，欲说还休，有青苔从墙根爬上两边，细细密密，茵翠欲滴。夏日炎热，到了晚上，却是风凉，有一种穿堂风最是惬意，搬一把椅子或者索性把草席摊开在地上，风过，尽享其凉爽。秋夜，月光如水，照在巷子的石板路上，清冷傲娇，虚实难揣。冬季，江南也偶尔下雪，步行其间，雪花柔柔地贴着你的脸，待手去摸，早已化了，小的时候，屋檐下有冰凌子，最爱拗了来放在嘴里吮着。后来大人说那是猫咪的夜尿冻成的，便立马把这冰凌子扔得远远的，再也不碰了。

花小小

花小小是一只乳白渐层小猫。之所以有名有姓是因为她两个月时就来到我们家。名字是我取的，由于身份区别于街头流浪的小猫，于是连名带姓地唤她。

花小小刚来时两个月不到，刚刚断奶。到家那天是520，小得一点点。40码的男式拖鞋都比她的个子要大。卖给我猫的猫舍小姐姐人极好，花小小未到家的时候就常常通过微信发一些她的视频给我，比如抢其他小猫的肉吃之类的，也嘱我早早给猫咪取好名字，从小开始唤她，让她知道自己是只有名有姓的猫咪。

可是一开始她并不理会这个名字。我不得已只能改口叫她"猫"，或者模仿她的声音"咪咪、喵呜、喵喵，啊呜"……可是她竟然发出咩咩声，好像她是只羊。

可毕竟是拥有姓名的猫咪，不知道什么时候开始，她像颗花生米一样时而蜷缩在我手掌上，再长大一点的时候就会连跑带跃地爬上我的背。可是从小到大她都不喜欢被抱。我也随她。有时候我轻声唤她，她便抬头看我，发亮的，乌黑，迷人的瞳孔啊。有时候是深不可测的全黑。黑暗中猫的眼睛会变成两个闪闪发光的玻璃球——不知道是夜空中的星，还是海底的夜明珠，抑或是隧道里的探照灯……在日光下，又变成两泓洒满金色阳光的湖水、闪动着两尾小黑鱼；瞌睡时，她的眼窝慢慢凹成杏仁碗来盛一只小黑蚂蚁……更直接的是，打开猫罐头或者窸窸窣窣抖几下她的饼干或者我的薯条，无论藏身何处，花小小都会迅速蹿到你的眼前。

　　所以我唤她的姓名只是我唤的，是我的一种言辞，也许是我为了书写抑或是保留记忆的必要。如果猫咪们想要书写，将猫咪的语言转化为书面语，也许她也会给我命名吧。所以在她小小的脑袋里，我的名字是什么呢？她用爪子在猫抓板、沙发上抓挠爬梳，留下深浅、凹凸、毛躁的各种各样的痕迹，也许就是她写作的一种方式？只是我傻乎乎地以为她只是在磨爪子，而已？她用湿润的冰凉的鼻子碰碰我，用脑袋、耳朵、柔软的身子蹭蹭桌角、被子、枕头，在所有经过的事物上留下属于自己的独特的气味，难道是在进行属于她的猫咪书写么？诗人之间秘密接头的暗号是诗句，音乐家之间的密码是音符，那么猫咪，难道不是以抓痕、气味、声音来交流，来表达世界的？或许你说，猫咪的这些所谓的书写是本能的，是不经反思的，是短暂而即兴的。那么，我们的书写难道不是一样么？

　　猫咪是好奇的。一切都新奇。

　　到家那天是下午。给她开了幼猫的罐头，她躲得远远的。想起很久之前在北京也养过一只猫咪。刚来那天小猫在家里来来回回走了一晚上，可能是在熟悉领地，抑或是在缓解不安的情绪。花小小没有多走动，只是缩在早就为她搭好的猫爬架最里面的角落，怯生生地看我。我走开一阵子，她就溜出来吃几口肉，听到我走近的脚步声立马就缩了回去。我于是也就不打扰她。傍晚时分我唤："花小小，吃晚饭了！"半晌没动静。去猫爬架上看，发现不在。床底下，柜子地下，沙发底下看了一圈，都不在。会去哪里呢？

　　挨个儿房间找。

　　找到厨房，"花小小！""咩～～～"。似乎远远地传来小奶猫细声细气的叫声。是听错了的幻觉还是真的有回应？继续唤她"花小小！""咩……"这下听得真真儿的，没听错，不是幻觉。可是猫咪藏在哪里呢？厨房就那么点大。继续边叫她边找。发现声音是从橱柜底下传出来的。可是橱柜是落地的，没有可以进去的地方呀。容不得多想，拆下落地挡板去瞧瞧再说吧。一番折腾，差不多6厘米高的挡板被拆下，趴在地上用电筒一照——一小坨毛茸茸的家伙在哪里委屈巴巴地看我。果然在里面！"快出来吧。"我在外面喊，也不管她听不听得懂。她不动，看着我。趴在地上用手去够，够不到，手臂被卡住，生疼。这时闻到一股腥味，电筒在橱柜下扫一圈，发现灰不拉几的另一小坨在附近，用笤帚柄扒拉出来定睛一看，惊呆了！是一只死去的螃蟹！

想起来大约是半年前朋友送来的螃蟹，似乎是走失过一只。后来安慰自己怕是数错了就将这事儿抛到了脑后。居然被第一天到家的小猫咪找到了！见自己的"猎物"被发现花小小着急地叫了起来。我于是趁机开了一个猫罐头连哄带骗地将她"解救"出来。奶茶色的毛上沾满了灰尘，因为太小了也不敢给她洗澡，只好将她捧在手心用湿纸巾细细地擦拭她的毛。就这样，第一天到家的花小小就以捕获一只螃蟹宣誓了她的主权地位。

至于她是怎么进去的，唯一的解释大约就是，猫咪是水做的罢。

更多的时候她常常独自一猫，低头走路，仰首望天，深思默想，心事重重。夜晚她在窗前仰望星辰，若有所思。落雨的午后她盯着窗外树叶滴下的水珠，时而转动耳朵，时而翕合鼻翼、圆瞪双眼，不知是在探知水流的速度还是研究什么"猫能否在同一时间踏进同一条河流"的哲学命题。窗外有鸟儿飞过的时候她便发出"嘎嘎~"的叫声，不晓得是在和鸟儿打招呼还是看到了猎物表现出来的兴奋。

陌生令她害怕也让她新奇；熟悉让她安逸也令她厌倦。吱吱作响的假老鼠，五颜六色的线圈小球，飘来飘去的羽毛甚至哗啦哗啦吵闹的塑料袋都只能短暂吸引她的注意力。给她的玩具买了一箩筐，一旦了解，就再也激发不起她的兴趣。她瞪着我，厌倦地打个哈欠，"快拿走它们！别拿这些来哄我"。将她抱到她不熟悉的房间，她总是先躲在隐蔽的角落，慢慢地放松警惕，一点点、一寸寸扩大地盘。在所有的陌生事物上蹭上她的味道，沾上她的毛，滴上她的口水。所有紧闭的门对花小小来说都是诱惑之门。无论是房门、衣柜门、储藏柜的门、书柜门还是一切的门，她都蹲在门口，念叨"芝麻开门芝麻开门"。只要有一丝缝儿，就溜进去。她显然记得哪些地方她去过，哪些地方是陌生的。几次三番我在家里大声嚷嚷找她，它却躲在书房或者床底下或者窗帘后的某个角落一声不吭。

日子久了家里的一切她慢慢熟悉了。小时候那些令她百思不得其解的东西，比如镜子里的"另一只"猫——小时候她常常试图绕到镜子后面去找另一只，如果找不到她便用前爪去打镜子里的那只；电视机里奔跑的人、滚动的足球或者其他小动物——她常常一头撞在电视屏幕上；甚至是那些我故意投到墙上的光影，水龙头滴下的细细的水流，横冲直撞的扫地机器人……或许她已经掌握了这一切的规律，却还是很友好地给我一点面子，对镜子中的自己短促地喵一声，对墙上的光影轻轻地蹦一下，甚至有点同情地看一眼不知疲倦的扫地机器人，继而很酷地半眯缝着眼睛淡定地看着你。

她真是矛盾的统一体。隐秘性和赤子的天真同时存在。

转眼间她四岁了。

她总是和你保持着安全距离，却在你需要的时候适时出现，时时打动我。加班至深夜，到家时连月亮都睡了。万籁俱寂。开门的瞬间她从沙发上蹦下来，睡眼惺忪地朝你奔过来，在你脚边蹭蹭，用尾巴绕住你。蹲下摸摸她的头，她举起爪子揉揉自己的眼睛。那一瞬间觉得即便全世界都不理你，她依旧在。

有时候觉得她的所思所想我一无所知，面对她的喵喵叫总是不晓得她要如何，却也担心不能了解她的诉求被她嫌弃。而有时候又觉得她所有的欲求都坦坦荡荡地呈现出来了：饿了喵喵叫，要尿尿喵喵叫，拉完屎了喵喵叫，要梳毛喵喵叫。我赖床不起来她叫，我上厕所她叫，我洗澡她叫。她对爱她的人表示亲热，看到陌生人就躲起来。她喜欢鸡肉，呼噜呼噜很满意，洗澡烘干被关在烘箱里就马上皱起小脸眼巴巴地望着玻璃门外的我，撒一泡尿表示抗议……猫咪的世界啊，是就是，不是就不是。喜欢就喜欢，讨厌就讨厌。没有中间地带。当然我知道这一切是因为，她的爱与信任。

有时候也对她生气。挠沙发、喝马桶的水，打翻新买的香水……听见呵斥的声音，她讪讪地躲起来，自言自语呜咽几声表示不满，低眉顺眼勉强承认你是对的。终究克制不了，在新铺好的真丝床品上留下她的爪印，前爪搭在窗台拉长了身子看外面飞过的小鸟。有时候不晓得是我在逗她还是她在逗我。一转身她上了灶台，或者蹲在油烟机上、趴衣柜顶上或者得意洋洋地藏在大衣柜里，嬉皮笑脸地往你被子里钻，缩在快递盒子里、书柜缝隙里……你找不到她，她好开心，似乎在考验你的耐心——她躲起来就是为了等你去找，任凭你大呼小叫她自岿然不动。可是当你真的不理她了，关了橱柜，她着急地在里面喵喵叫。你假装不理她，她就"通"的一声从橱顶蹦下来或者从不知道某处冒出来，抱一下你的腿或者拍一拍你的手，甚至轻轻地咬你一下仿佛在说："傻瓜，我在这里呢！你笨死了，这都找不到。"你若不理她，她便看着你将桌上的笔咕噜咕噜地踢下去，将门挠得震天响，你跳起来，去追赶她，她便得意洋洋了。

可是她又是如此依赖你。我写字、看书……她总要待在我身边。我稍稍动一下位子她马上起身随我而来。我翻书，她来帮忙；我看电视，她在我脚边打瞌睡；我吃饭，她小脑袋探出餐桌朝你舔舔舌头。我时常有一种冲动，想写一本叫做《向猫咪学习N种优秀品质》的书。

比如现在，阳光下，她追着自己的尾巴，欢快地打着转转。看着她，我时常生出羡慕，继而厌弃起当下忧心忡忡的日常了。